La alegría del padre

Didí Gutiérrez

La alegría del padre

ALFAGUARA

La alegría del padre

Primera edición: agosto, 2023

D. R. © 2023, Didí Gutiérrez

D. R. © 2023, derechos de edición mundiales en lengua castellana:
Penguin Random House Grupo Editorial, S. A. de C. V.
Blvd. Miguel de Cervantes Saavedra núm. 301, 1er piso,
colonia Granada, alcaldía Miguel Hidalgo, C. P. 11520,
Ciudad de México

penguinlibros.com

ISBN: 978-607-383-385-1

Impreso en México – *Printed in Mexico*

A mi pa, por ser y estar

Si quieres amarme bien puedes hacerlo
tu cariño es oro que nunca desdeño.
Mas quiero comprendas que nada me debes,
soy ahora el padre, tengo los deberes

RUDYARD KIPLING, «Ley» (según el título del
cuadrito colgado en la pared de mi casa natal)

A la salida de la clínica
en Gabriel Mancera,
frente a casa de Alceste,
los escalones eran largos, muy largos,
yo los bajaba corriendo y pegando brincos
y luego íbamos por galletas Mac'Ma.
¿Te acuerdas?

PEDRO GUZMÁN, *Hospital de Cardiología*

El verso es para saludables
faranduleros. Los moribundos
y cirujanos usan la prosa

PETER READING, *C*

I

Yo creía que los libros hablaban y le prestaban su voz a papá por las noches. Él era un ser silencioso la mayor parte del día, pero se volvía uno hablantín al abrir el libro que me leería antes de dormir. Bastaba con que posara los ojos en las páginas para que empezara a decir palabras nuevas para mí. Recuerdo en especial dos del único poema que se sabía sobre una pequeña princesa llamada Margarita que subía al cielo sin permiso a cortar una estrella, como si se tratara de una flor. El palacio donde ella y su padre, el rey, vivían era de diamantes, había una tienda hecha del día, tenían un rebaño de elefantes, un kiosco de malaquita y un gran manto de tisú. Nunca he vuelto a escuchar esas palabras en ningún lado, pero al menos ahora sé qué significan. La malaquita es una piedra color esmeralda que pareciera haber sido moldeada en un yacimiento lisérgico, en combinación con alucinógenos, por su aspecto semejante al estampado psicodélico de la ropa hippie. Y el tisú, una tela de seda entretejida con hilos de oro o plata. Se expandía el vocabulario de papá como por arte de magia, las frases se teñían de colores, podíamos apreciar juntos los lilas de las galaxias y los blancos de los glaciares. Su tono aterciopelado acariciaba mis oídos, en tonos pastel. Las cuerdas vocales de papá emitían un timbre suave, casi juvenil. Sus palabras se mecían en un vaivén. Los libros para mí eran hechizos, cuyo encantamiento se lanzaba cuando eran abiertos de par en par, y papá, su poseso, traducía la maravilla cifrada en las páginas, como si cantara. Es probable que él nunca haya cantado, pero a cierta hora de la noche, lo único que alcanzaba a escuchar era su voz como una canción instrumental. El sueño venía en oleadas, y sus ondulaciones le conferían musicalidad al relato de papá pero le restaban sentido, mientras yo cabeceaba. Después caía dormida.

Siempre me dormía antes del final porque los cuentos que papá leía me desagradaban un poco. Me hartaba de escuchar sobre princesitas que se casaban con príncipes y ya, yo estaba convencida de que la vida debía consistir en algo más. Una historia en especial me daba terror, la de Rapunzel, acerca de una jovencita que encontró el amor gracias a su larguísima cabellera. Era un cuento de hadas cualquiera, pero a mí me había crecido tanto el pelo en los últimos tiempos que, aunque me gustaba, temía sus efectos, sobre todo si se parecían a los de la pobre princesita esa. Si los libros lanzaban conjuros, yo no quería que los de éste me alcanzaran. Prefería pasar a la Historia de mejores maneras, para nada me interesaba usar mi virtud capilar en agradar al sexo opuesto, mejor en un concurso por la mejor melena y ganar mi propio dinero o como donación a un centro de investigación pública en pos de determinar los motivos de su desmedido crecimiento. Era anormal que una niña tuviera metros y metros de pelo, podía ser récord Guinness.

—Primero calva —dije cuando papá terminó de leer «Rapunzel»—. ¡Guácala los besos!, ¡qué asco los príncipes!, ¡fuchi el amor! —se me revolvió el estómago de las náuseas que sentí al imaginar siquiera que mi pelo pudiera atraer todas esas cosas inmundas a mi vida.

—Bueno, bueno, nada es para tanto, Abigaíl. ¿Qué te parece entonces si a partir de mañana leemos otra cosa? Porque en los cuentos de hadas siempre se besan al final —propuso papá y me sentí aliviada al enterarme de que nunca más tendría que escuchar algo así de su voz.

Jamás imaginamos que las hadas se llevarían consigo esa noche los finales felices en nuestra vida también.

En la escuela me empezaron a decir Rapunzel.

Traía el pelo casi tan largo como mi propia estatura y yo medía un metro diez. A diferencia del cabello corto o mediano de mis amigas y de la mayoría de las niñas de mi edad, el mío parecía el de una mujer adulta, me llegaba a la cintura. Pero mientras a mí me encantaba porque yo quería ser grande y con esa melena me veía mayor, a las niñas del salón les gustaba porque se parecía al de la condenada princesita.

Nunca había ido a un salón de belleza, mamá era mi peluquera de confianza, usaba unas tijeras enormes semejantes a las de los jardineros, tenía tanto cabello que parecía como si estuviera todo el tiempo esponjado, pero entre mi cráneo y mi pelo sólo había más pelo, nada de aire. Lidiar con tanto volumen capilar exigía una rutina férrea, si ella dejaba de cortarlo apenas un mes, mi cuero cabelludo se daba vuelo, estirándose hasta los hombros, luego a la mitad de la espalda para alcanzar finalmente las pompas, como en esos momentos. Mamá nunca había faltado a nuestra cita frente al espejo del baño, yo trepada en una silla del comedor con varios cojines encima para alcanzar mi reflejo, y ella, la mejor estilista o domadora de pelo que jamás hubiera conocido.

Pero en las últimas semanas, mamá se había olvidado de emparejarme el pelo, y eso me convino, por lo menos al principio, cuando descubrí el poder de mi melena, su gracia expansiva. Era primavera, la única temporada cuando aceptaba bañarme a diario porque hacía mucho calor, y mi enorme mata, un organismo vivo independiente de mi persona que, a diferencia mía, adoraba el agua, aumentaba sus dimensiones jubilosamente como si fuera una planta. Pese a que me sometí al suplicio de bañarme menos veces que en primaveras pasadas porque ya nadie me obligaba a hacerlo como antes lo hacía mamá y me costaba un poco de trabajo tomar la iniciativa en una actividad que detestaba, mi pelo, como si nunca se fuera a volver a mojar, acumulaba todos los nutrientes posibles para sobrevivir en tiempos de escasez, subía de peso. Me pesaba un montón. Luego, conforme se secaba, si bien volvía a ser más liviano, adquiría unos volúmenes demenciales, era la cabellera de una giganta, del triple de su tamaño. En el transcurso del día perdía vaporosidad, pero seguía siendo colosal.

Hubiera preferido tener un gremlin por pelo, pero me conformé con que algo vegetal había tomado mi cabeza para florecer, era menos peligroso que un monstruillo royéndome el cerebro. Muy a mi pesar, porque los gremlins me gustaban pero me daban miedo, creía de todos modos que una criatura de esa película era mi peluca, y que al contacto con el agua se reproducía. Dicen que abandonarse a la fantasía produce engendros y yo fantaseaba bastante en esos tiempos, como hacen todos los niños; es probable que me acompañaran algunos esperpentos entonces, como a todos los de mi edad.

Cuando subía con mamá a la azotea a tender la ropa, se me figuraba ver a alguien. Le di un apodo nada original, «Pelos Necios», pues aunque la mayoría de las veces parecía un hombre, hubo ocasiones en que dudé si más bien se trataba de una mujer, y con un sobrenombre así, que era femenino y masculino a la vez, me ahorraba problemas. Conforme ella disponía la ropa en sus respectivos ganchos sobre los mecates y alguna de las blusas suyas o de las camisas de papá quedaba colgada al lado del gran helecho, que pendía de la jaula en una maceta colgante, una figura humana de peinado afro adquiría forma en el horizonte y yo corría hacia las escaleras de caracol, a resguardarme entre sus pliegues babosos, no me fuera a hacer algo. Prefería aguantarme el asco que me daban esos animales con tal de que la sustancia viscosa que emitían me mantuviera a salvo de los malos.

Como los hechos sobrenaturales eran mal vistos en mi casa, donde vivíamos dos profesionistas y una niña lista, me guardé para mí misma el temor que me producía ver personas con cabeza de planta en los tendederos, también el hecho de que el pelaje de un ser mitológico de naturaleza malévola constituía mi cabellera. Pero la última vez que mamá y yo subimos juntas a la azotea, ella, como si tuviera sus propios secretos al respecto, le dio nombre al gran helecho de la azotea, disolviendo mis dudas acerca del género de aquella visión. Se llamaría Bob Patiño, el enemigo público número uno de la familia Simpson. Ignoro qué tanto le gustó a nuestra planta ser una villana, pero a mí me cortó la inspiración y dejé de fantasear con espectros, o quizá fuera que la realidad me empezó a dar más miedo.

Cuando miro fotos de esos días, me cuesta trabajo creer que yo me sintiera tan orgullosa de mi cabellera, siendo que ahora me avergüenza un poco verme así. Imagino que quienes me conocieron portando tremenda cosa en la cabeza me confundieron en las calles con una enana a la primera impresión. Entonces me pregunto si se trata de un rubor genuino el que siento por mi apariencia o más bien es un bochorno asociado a la pena, pero a la pena como dolor. Mientras yo tenía uno de los pelos más extravagantes que una niña puede lucir a los seis años, atravesaba igualmente uno de los momentos más extraños en mi vida. Sospecho que quienes me vieron toda despeinada sintieron lástima por mí, y se preguntaron dónde estaba mi mamá, porque en esos tiempos las madres eran las responsables del aseo de los hijos. Yo misma me lo iba a cuestionar más adelante, pero antes de eso me sentía soñadísima con tremendo look.

Hasta que a las niñas de la escuela se les ocurrió identificarme con Rapunzel.

—No les hagas caso, nena. Tú te pareces más bien a la de «Pelo suelto» —dijo papá con su tono suave característico, refiriéndose a la cantante del momento.

Y sus palabras generosas me hicieron sentir importante y feliz, porque si bien mis mechas tampoco eran tan abundantes ni tan largas como las de Gloria Trevi, papá había notado en mí su rasgo distintivo: la rebeldía. Qué importaba ya que afuera los demás me equipararan con una princesita si en casa yo me sentía como una estrella de rock.

*

Como buena rockera, empecé a tener problemas para dormir. Me despertaba en las madrugadas por los jalones de pelo que yo misma me infligía al moverme en la cama. Creía que ni muerta me iba a dejar de crecer el cabello, y si eso pasaba, me parecería más a Rapunzel, qué horror. Fantaseaba inmóvil y resignada en mi cuarto, porque la única vez que había ido a buscar a mamá y papá al suyo para contarles mi desazón, no los encontré. Así que corrí al mío, perseguida por el miedo de saberme sola en casa a esas horas. Cuánto corremos los niños mientras somos niños. Los días se estaban enrareciendo. Él permanecía en silencio la mayor parte del tiempo, ella pasaba demasiadas horas afuera y a mí me costaba trabajo conciliar el sueño.

Ni siquiera las historias que me leía papá me arrullaban ya, sino todo lo contrario. El giro que habían dado, de empalagosos cuentos de hadas en sus versiones edulcoradas a relatos sobre reinos extraordinarios, me dejaba cada noche con el ojo pelón. Habíamos vuelto a reunirnos, papá y yo, al pie de la cama, tras varias noches sin hacerlo desde el episodio de Rapunzel, y él, en un tono distinto al de siempre, más parecido al del narrador de los programas científicos sobre animales que veíamos en la tele, leyó, entre seseos impostados, ajenos a su propia pronunciación, acerca de un misterioso archipiélago donde pasado, presente y futuro se fundían en la niebla. Un espíritu foráneo, al parecer de origen español, había poseído esta vez a papá. Y aunque eso mismo le daba mayor credibilidad a lo que estaba diciendo, pues era probable que sólo un extranjero pudiera conocer tan extraño lugar, se oía muy chistoso.

—¿Por qué hablas así? —le pregunté, riendo.

—¿Cómo? —respondió papá, como si no se diera cuenta. Ignoraba que los libros le prestaban su voz.

—Como si estuvieras soplando —intenté definir su expresión, aunque vagamente.

Papá siguió con la lectura, como si trajera algo en la lengua, y añadió además velocidad a su discurso, que porque así se hablaba en la madre patria. Entonces sí era consciente de que él nada más era un mero canal de los mensajes que los libros tenían para dar. Captó toda mi atención; a partir de ese momento me concentré el triple en lo que decía para entenderlo. Esa voz que se había manifestado a través de él era distinta a todas, quizá nos revelara algún secreto. Las islas se llamaban Diomedes y flotaban desde el principio de los tiempos al centro del estrecho de Bering. Una era parte de Estados Unidos y la otra, de Rusia. En una era ayer y en la otra, mañana. Desde una se contemplaba el pasado y desde la otra podía verse el futuro. Papá estimó, con fines didácticos, que la distancia que separaba a una isla de otra era similar a la que había entre nuestra banqueta y la de enfrente. Me puse de pie en la cama al escuchar eso que yo tomé en su proporción literal y me asomé a la ventana con miras a comprobarlo. Él siguió leyendo. No podía ser que un país quedara tan cerca de otro, si para eso uno debía subirse antes a un avión o a un tren. Si era posible entonces se trataba de un buen lugar para vivir, sobre todo si bastaba con brincar entre islas para recordar lo que habías hecho el día anterior o para saltarte los pésimos momentos y adelantarte en el tiempo. Lo único malo que le vi fueron las temperaturas bajo cero y los gruñidos de los osos polares. Me desvelé emocionada de algún día estar ahí, con todo y el frío y los animales salvajes.

Para ilustrar la ruta por la cual habían llegado los primeros pobladores a América, la maestra desplegó a la mañana siguiente en la escuela un mapamundi tan largo que abarcaba las cuatro paredes, como si lo hubiera desprendido antes de un globo terráqueo gigante. El sol, que a esas horas iluminaba una porción del salón, adonde siempre llegaban gatitos a calentarse, enfocó en esa ocasión también un punto determinado en el atlas descomunal, como las luces del teatro siguen al actor principal. A la orden de la profesora, los niños nos giramos en nuestras bancas para apreciar el brillo del astro mayor a nuestras espaldas: un gato negro de ojos amarillos retozaba abajo del corredor por el que habían pasado nuestros ancestros para llegar al continente donde se asentarían definitivamente. Un hecho por demás antiguo, ocurrido miles de años atrás, imposibles de estimar en el tiempo que para mí era un presente continuo. Si no era algo que a lo mucho hubiera sucedido una semana atrás, me importaba poco, casi nada. Demasiado abstracto. Prefería las matemáticas que podía aplicar en el día a día, al sumar y restar. Me pasaba las horas contando todo. Uno más dos menos tres. Cero.

—¡El estrecho de Bering! —gritó la maestra, porque sus alumnos nos distrajimos con el gatito negro de ojos amarillos que ahí tomaba el sol.

Ninguno le hizo caso, pero a mí me llamó la atención lo que acababa de escuchar y eso que me moría de sueño, como las estrellas de rock después de un concierto, sólo que ellas tenían café para espabilarse, yo no. La maestra se refería al mismo lugar del que papá me había hablado la noche anterior, el estrecho de Bering, donde se ubicaban aquellas islas misteriosas. No me cabía la menor duda de que él y yo nos comunicábamos de manera extraterrena, casi sobrenatural. Sonreí y levanté la mano.

—Ahí también hay unas máquinas del tiempo.

La profesora me felicitó por esa aportación que nadie más había hecho en clase en todos sus años de experiencia.

Sumé algunos puntos extra en la materia de Geografía. Imaginamos a los primeros hombres y mujeres, dando saltos en el tiempo.

*

Las razones por las cuales Mowgli tenía el pelo largo, aunque fuera niño, me parecían más llamativas que las de Rapunzel. Ser criado por unos lobos en una selva salvaje llena de peligros era una aventura que ameritaba dejárselo crecer hasta las rodillas, porque en esas condiciones hay otras cosas más urgentes que atender, como pasar inadvertido a las bestias. Conforme papá avanzaba en la lectura de estos cuentos que se desarrollarían entre la espesura de una jungla peculiar, donde los animales podían comunicarse con los seres humanos, yo me sentía cada vez más identificada con lo que le pasaba a Mowgli, sobre todo en eso de que hubiera perdido a sus padres en las fauces de un tigre. Creo que no se los había comido, lograron escapar, pero mis miedos infantiles se regodeaban con ese trágico final, en el que además el niño también estuvo a punto de ser devorado por el felino. Padre Lobo, que se quedó a cargo de Mowgli, tenía los ojos como dos lunas verdes en la oscuridad. A lo mejor el oso Baloo, su fiel compañero, que se alimentaba de miel y nueces, era amigo de Winnie Pooh.

—Antes se paseaba por aquí un oso negro —dijo papá al cerrar el libro. Era la primera vez que me quedaba despierta hasta el final del cuento.

—¿Por la casa? —¡no lo podía creer!

—Bueno, a unas calles, había un señor, un gitano, que traía un oso negro bastante grande atado a una cuerda.

—Como un perrito.

—Yo creo que eran de un circo porque era muy manso. Se llamaba Martina.

—¿Y qué hacía la gente cuando los veía?

—Les daban dinero, porque aparte se paraba en dos patas el animal y se daba vueltecitas. Era un oso bailarín.

—¿Eso se podía?

—Eran otros tiempos. Un día, cuando crezcas, mira hacia atrás y te darás cuenta de que el pasado es algo extraño.

*

El primer fascículo nunca llegó; papá creía que algún vecino lo había tomado de nuestro buzón al ver que se trataba de una revista nueva, distinta a la correspondencia que solía traer el cartero, casi siempre del banco o de alguna tienda departamental. Así que solicitó a *Reader's Digest* que lo telefonearan en cuanto trajeran el volumen dos, para estar al pendiente y recogerlo antes de que se lo volvieran a robar. Cuando finalmente tuvo en sus manos el segundo número de su curso de peluquería a distancia, papá sólo contaba con unas tijeras, pinzas y una pistola de aire, todas de mamá, pero según el nuevo cuadernillo él ya debía estar listo para realizar su primer corte de pelo. Jamás se enteró de que también iba a necesitar una cabeza de práctica, sobre la cual equivocarse en sus intentos iniciales. Tampoco supo que los peluqueros deben conocer las distintas líneas que se trazan imaginariamente en el cráneo para cortar el pelo bien. Esos conocimientos y otros seguramente se explicaban en la edición de introducción. Lo único que él quería era que yo dejara de sufrir cuanto antes el acoso de las niñas en la escuela de que me parecía a Rapunzel y, en lugar de llevarme a la estética, que hubiera sido más fácil aunque nunca habíamos ido a una, se compró ese método en pasos para trasquilarme él mismo. En su momento me molestó su proceder, sobre todo porque nunca me lo consultó, siendo que aprendería a hacerlo con mi pelo; al paso del tiempo comprendí que papá buscaba conservar la normalidad en esos días de nuestra vida que se empezaba a transformar definitivamente. Mamá me cortaba el pelo en casa; él lo intentaría también.

Me pasó un catálogo de peinados de señoras y me dijo que eligiera el que más me gustara. Ninguno me atraía, era una moda para grandes. Escogí uno que se llamaba «mullet», según papá, y que traía la más joven de las modelos: flequillo al frente, corto a los costados, casi al rape, y largo de atrás; así conservaba mi pelo como estaba pero en los lados recortado. Él se negó a hacerlo porque era de un grado de dificultad avanzado y se necesitaba una máquina de afeitar que no teníamos. El nivel básico me parecía sin chiste; además eran puras mujeres de la edad de mamá, ningún corte me iba a quedar.

—Mejor así como estoy, pa —y me eché a correr a mi cuarto. Papá se rascaba la cabeza al hojear el inventario de peinados, como si dudara de sus capacidades para realizarlos. Y yo prefería ser Rapunzel a convertirme en Rapunzel con el pelo chueco.

Quedamos que él haría los tijeretazos primero a nuestro helecho de la azotea, y si salían bien, entonces los probaba en mí. Podar a Bob Patiño fue la única manera que papá encontró para convencerme de ser su cabeza de práctica. Pronto descubrimos que el encanto del look del enemigo de los Simpson era precisamente su asimetría: era injusto dar a sus chinos una proporción. Perdía el encanto. Entonces papá se aventó a hacerle un degrafilado y le quedó bien. Hasta parecía profesional. Eso me dio confianza para cederle mi melena y él hizo su mejor intento esa tarde frente al espejo. Contrario a lo que yo hubiera pensado, me dejó el cabello más o menos parejo y eso que ni siquiera lo separó en secciones como hacía mamá con las pinzas. Él simplemente lo juntó todo, como si fuera a amarrarlo en una cola de caballo, y con las tijeras de jardinero avanzó poco a poco hasta rebanarlo. Sólo que olvidó considerar que el cabello una vez seco se encoge, y como me lo había emparejado mojado, al final me quedó más corto de lo pensado.

—¡Ash, a mí me gustaba como estaba! —le recriminé al final.

—¡No dices que te molestan las niñas de tu salón!

—Pues sí, pero ése era su problema, no el mío. Yo me veía bien con mi pelo largote.

—Eres bonita como sea, Abigaíl, por favor.

—Me lo hubiera cortado mamá —en realidad ése era el problema. ¿Dónde diablos estaba mamá?—. Ella al menos no me quema el cuello con la pistola al secarme el pelo como tú —le recriminé a papá.

Podríamos habernos ahorrado el curso por escrito porque el resto de los números eran sobre los colores de temporada para el teñido, la aplicación de permanentes y alaciados. El último de los cinco, papá lo dejó de regalo en el buzón del edificio, y alguien se lo llevó de inmediato. Nos tardamos unos días en descubrir quién había sido, pero cuando vimos a la señora del departamento dos con una peluca, pudimos saber que el fascículo final trataba sobre el uso correcto del peróxido para la decoloración que, por los resultados que la vecina había tenido, en su caso al parecer fue fallido.

*

Yo creía que los libros tenían entre sus páginas mensajes importantes para quien los leyera. Seguía siendo analfabeta, pero ahí estaba papá que me compartía sus secretos con generosidad. Cuando él recitó las primeras líneas de una nueva historia habitada por sultanes, una alabanza por la salud de un tal Mahoma y compañía, sentí que era un recado también para nosotros tres. Mamá no había llegado a casa a dormir e ignorábamos que nunca más volvería, pero esas palabras divinas me susurraron que se encontraba bien. Papá y yo nos refugiamos en *Las mil y una noches*, cuyas aventuras tenían lugar en tierras lejanas totalmente desconocidas, como si con eso nos pusiéramos a salvo de las dificultades. Aunque también debo aceptar que me preocupaba el desierto donde sucedían, sobre todo por las arenas movedizas que me traumaron. Durante varios años creí que las arenas movedizas tendrían un lugar relevante en mi vida o en mi muerte, más bien. Lo primero que leí cuando aprendí fue un libro de *Selecciones* sobre cómo actuar en casos imprevistos: la mejor manera de ponerte a salvo en lo que llega la ayuda es recostarse de espaldas para flotar, en vez de manotear como loco. Nunca supe de nadie que hubiera sido tragado por arenas movedizas, pero esa imagen de una mano que se retuerce a ras de suelo y es succionada después por una fuerza maligna, que ilustraba los primeros auxilios en el libro, se instaló en mis pesadillas. Y en tanto el rey esperaba impaciente a que Sherezada terminara de contar su historia para matarla, yo perdía la esperanza de que mamá diera forma a mi pelo una próxima vez.

Pero esto no se trata de mamá, sino de papá.

Hay libros que, como aquellas islas en el estrecho de Bering, se demoran o se anticipan en el tiempo, y tratan de eso que creemos que será insoportable para nosotros cuando ocurra en la realidad. Suelen empezar con el deseo de curarse de algo y de ponerlo afuera. Se desarrollan a la par que la palabra inmortaliza, para que tiempo después, cuando alguien los lea, vuelva a sentir.

II

Sentada en el borde de una alberca pequeña en forma de gota me di cuenta por primera vez de las verdaderas dimensiones de mi pelo. Sabía que era largo, pero no tanto. Aunque papá ya había hecho su trabajo, las puntas rozaban el suelo y yo sentí que no era mío, que le pertenecía a alguien más, quizá fuera artificial, de utilería. Miré a papá, al lado mío, los dos pegaditos, con los brazos apoyados en el piso y los pies sumergidos, estáticos. Éramos los personajes diminutos de un cuadro veraniego trazado por un pintor amateur. Los personajes secundarios de una sola dimensión, cuya única función es permitir que los protagonistas se muestren al mundo, admirarse de sus piruetas en el aire al brincar de los trampolines. Para que nadie se diera cuenta de que en realidad éramos personas y no pinturas, le susurré a papá, en lugar de gritar, que me daba miedo meterme al agua. Al temor se sumaba el desinterés, ni siquiera tenía ganas, pero ése me lo callé porque sentía que si lo confesaba iba a herirlo. Eran nuestras primeras vacaciones fuera de casa; todas las anteriores las había pasado en el patio, pues mis asuetos en la escuela no coincidían con los de mamá y papá en su trabajo. Eso significaba que él había hecho un esfuerzo para que estuviéramos ahí en esos momentos, tampoco quería hacerlo sentir mal. Al contrario, me enojé conmigo misma, cómo era posible que estuviera tan poco emocionada, pero es que tampoco podía creer que nuestras primeras vacaciones afuera serían lejos de mamá.

—Aquí estoy, me tienes a mí, nada te va a pasar —respondió papá, refiriéndose a los peligros de nadar y de la vida, aunque yo sólo pude captar el primer sentido.

—Hubiéramos traído algo para no hundirnos, nos vamos a ahogar —dije en el mismo tono del principio, refiriéndome a los peligros de nadar, aunque probablemente papá interpretó mis palabras como nuestro devenir.

Se puso de pronto a evaluar sus posibilidades y resolvió que, a falta de salvavidas o flotadores, él podía cargarme adentro. Qué tan difícil sería sostener a una niña bajo el agua, si en las profundidades todos somos más ligeros; además, nosotros éramos unidimensionales. Sin embargo, dudó unos momentos. Cuando uno nunca se ha zambullido en el medio acuático, las posibilidades de que las cosas salgan mal son mayores. Lo que menos hubiera querido papá habría sido que nos ahogáramos los dos.

—Hubiera venido mamá —le recriminé como si él fuera el responsable de que ella no estuviera ahí—. Seguro que ella sí sabe nadar.

—Bueno, al menos siempre sale a flote —respondió papá, subiendo los hombros, en un tono que parecía de alivio pero que contenía también algo de recriminación.

Ambos necesitábamos echarle la culpa a alguien de lo que fuera que nos estuviera ocurriendo en esos momentos, y éramos los únicos que estábamos ahí para los dos. Él ya sabía que mamá se había ido de la casa para siempre, pero iba a hacer todo lo posible por ocultármelo, porque desconocía las palabras para comunicarme algo así. Y cuando digo que papá haría hasta lo imposible por no decirme con claridad el hecho, lo digo en serio. Por lo pronto, por eso estábamos en ese balneario, para disimular que todo estaba bien. Pero a mí nunca me habían gustado las albercas. Quizá fui la única niña que prefería cualquier otra cosa antes que nadar durante horas en unas vacaciones.

La alberca, en realidad, era un chapoteadero, en cuyo interior los niños, muy cómodos, iban de un lado al otro como las flechas de un pequeño caballero del Medioevo. El centro del estanque era la diana, donde se detenían a

tomar aire para después volverse a lanzar. Los papás se aso-
leaban en camas de plástico y desde ahí echaban miradas, de
tanto en tanto, cuando se percataban de que llevaban un
rato ya sin escuchar los gritos de sus chiquillos alrededor. Algunos debían incorporarse para ver bien, porque no habían
logrado ubicar al suyo a primera vista; en eso, la criatura
emergía totalmente renovada del agua con los pelos pegados a la cara y los adultos volvían con pereza a su lecho so-
lar, no sin antes lanzarnos miradas escrutadoras a papá y a
mí, que me hacían sentir como si les debiéramos algo. Fue
la primera vez que percibí esos ojos torturantes para que yo
confesara algo acerca de lo cual carecía completamente de
información. «¿Dónde está tu mamá, niña?», me interroga-
ron esos ojos durante la primera parte de mi vida siempre
que estaba en compañía de papá, como si la presencia de él
a mi lado fuera insuficiente. Primero me hicieron sentir mal,
pero luego aprendí a esquivar los puñales, a mí con él me bastaba.

—¿Cuándo regresa? —pregunté.

—Con las enfermedades nunca se sabe, Abigaíl.

Mamá llevaba varios días fuera de casa y papá me dijo
que había enfermado. Creí que se trataba de algo contagioso.

—¿Se me puede pegar lo que tiene? —insistí.

—No —respondió papá, mirando hacia todos lados,
nervioso, como si recordar el tema le produjera dolor—.
¡Vente! —lo cambió tan repentinamente que más bien sentí
que el hecho de que mamá se encontrara mal le importaba
poco. Me enfurruñé. Ahora tenía más dudas que antes.

Pegadito a la orilla, papá se deslizó poco a poco hacia
el agua. Sentado como estaba, parecía dibujo animado
aplastado por el coche del enemigo, un papá en segunda dimensión. En instantes logró introducirse completo, pero el
líquido brincó hacia su nariz, obligándolo a asirse al tubo de
las escaleras mientras pasaba el conato de asfixia. Se sentía
incapaz de reponerse y de flotar al mismo tiempo, en ese

estado ignoraba que el agua apenas le rozaba la cintura. Yo lo miraba desde afuera, arropada por una suave rabia infantil, moviendo las piernas de arriba abajo sumergidas en la alberca, salpicándolo por momentos, sin considerar que eso lo ponía más nervioso pues lo que necesitaba papá era respirar. Pero cómo iba a saber eso yo, para mí verlo así era divertido después de todo. Los otros papás se volvieron a mirarnos, esta vez con desdén, desde sus camastros. El mío se puso rojo de toser. Los personajes de mentiras, que éramos nosotros, nos habíamos atrevido a acercarnos a esa zona, su zona, la de los personajes principales, donde se mojaban los trajes de baño con naturalidad. Eso nos pasaba por tontos, por resistirnos a nuestro destino de seres inexistentes, las flechas de un arco que nadie quiso tensar. Y aunque ninguna persona se acercó para preguntar si podía ayudarnos, a mí, quién sabe si a papá, a mí me dio vergüenza haber llamado la atención.

Más allá de nosotros, que ocupábamos apenas una pequeña porción del parque, estaban los enormes toboganes a cielo abierto, los dragones de los pequeños caballeros del lugar encantados por una musiquilla contrahecha, incendiando las bocinas del balneario. Los más valientes se deslizaban al interior de las tráqueas de esos reptiles mitológicos, de cuyas trompas se escurrían como flemas brillantes, llenos de baba, cayendo en el agua purificadora y emergiendo renovados. Cobardes, papá y yo presenciamos el espectáculo como meros espectadores. Pasar el tiempo en unas termas a las afueras de la ciudad le pareció a él una buena forma de lidiar con el abandono reciente de mamá, pero no consideró que ninguno de los dos sabíamos nadar.

Cuando los pequeños caballeros volvieron a la carga, lanzando sus tiernas flechas de un lado a otro del miniestanque, y los grandes se acostaron, ahora, de espaldas a broncearse parejos, papá y yo comprendimos sin decírnoslo que, a partir de ese momento, debíamos aliarnos los dos. Nuestro propósito sería perderle el miedo al agua y de paso también a la vida, aunque esto último lo comprendí hasta después, de más grande. Ya recuperado y como si el incidente anterior le hubiera infundido la confianza que le faltó al llegar, papá se puso a saltar al interior. Ese movimiento hubiera podido ser una muestra de seguridad, pero lo cierto era que él creía que, si dejaba de brincar, el agua le llegaría a las fosas nasales de nuevo. Seguía sin darse cuenta de que estábamos en una alberca para niños. Me decía que me aventara, que él me cacharía; yo movía la cabeza, negando esa posibilidad. Ni de loca me habría lanzado así. Papá se aproximó a la orilla donde estaba yo, dando los mismos saltos; una vez ahí, adquirió ahora sí más y más seguridad. Se sumergía, agarrado del borde con ambas manos, aguantaba la respiración unos segundos abajo y salía, echando agua por todos lados, luego se sacudía como los perros cuando se mojan. El pelo crecido, un poco menos largo que el mío, le volaba de aquí para allá, salpicándome, y yo ríe y ríe. Estábamos viviendo una pérdida, y papá me mostró, sin decir una sola palabra, que en las desgracias también cabe la felicidad.

*

Cuando papá me dijo que mamá se había marchado para siempre no le creí. Pensé que estaba jugando. Yo creía que sucesos de esa magnitud transformaban nuestro entorno de modos exagerados; que cuando menos un volcán explotaría con la noticia o acontecería un tremendo terremoto, tal como se estremeció mi existencia al escucharlo. El día que Heidi se separa de su abuelo en las montañas, donde es feliz entre cabras y juegos, para ser dama de compañía de una niña paralítica en la ciudad, en la que recibirá malos tratos de parte de la institutriz, ese día su paraíso alpino se transforma en un infierno arrasado por fuertes vientos, como si hubiera pasado un huracán. Niña y naturaleza se fusionan en un profundo dolor representado por el deshielo masivo de todo a su alrededor. Un alud sepulta su vida pasada. Yo estaba convencida de que si, por alguna extraña razón debía separarme de mis papás para siempre, el universo sería empático conmigo de alguna manera. Pero ese día que me enteré de que no volvería a ver a mamá fue igual a todos los días anteriores y los siguientes. Ni siquiera cayó una maldita lluvia como muestra de lo que había llorado.

Había ensayado la tabla gimnástica infinidad de veces. En las mañanas, en la escuela, y por las tardes, en la casa; quería aprenderme bien los pasos de nuestro maravilloso número para el festival del 10 de mayo. Los niños más chicos interpretarían unos bailes regionales y los más grandes, que salían ese año de la primaria, representarían una obra teatral sobre el amor de las mamás en el mundo. El evento cerraría, según anunció la directora en la lectura del programa, con la declamación de un poema de Pablo Neruda, «La mamadre», al unísono por dos maestras. Cuando escuchamos el título del poema, los niños, y no dudo que también algunos adultos, nos echamos a reír y no pudimos poner atención a nada más que a la palabrita esa, resonando en nuestras cabezas. «Mamadre» por aquí, «mamadre» por allá. Los de sexto, que ya decían groserías, la confundían a propósito con «mamada» y los demás pegábamos la carcajada, aunque ni siquiera entendiéramos bien su significado.

Me emocionaba mostrarle a mamá mis habilidades corporales, sorprenderla cuando me viera ejecutar los ejercicios de alta dificultad que había ensayado para ella, así que pasé buena parte de la mañana repitiendo la secuencia en la escuela a la menor provocación. Parecía la pequeña actriz de alguna película muda, haciendo gestos y posturas exageradas y sincrónicas, sin ninguna pista sonora en los pasillos. También sentía algo de miedo de que ella no asistiera a nuestra cita. Quién sabe qué mosco le había picado a mamá. Aun así guardaba un poquito de esperanza, me decía a mí misma que ninguna mamá sería capaz de dejar plantada a su hija en el festival que se hacía en su honor. Entonces las maestras dejaron pasar a la gente al patio de la escuela y cuando vi que papá venía solo se me secó la boca al instante, como si la desesperanza deshidratara mi cuerpo. Ya era demasiado. Dudé si podría hacer la coreografía porque se me fueron las fuerzas también. Él se acercó aprisa y se agachó a mi altura y, acariciando mi pelo suelto, como el de mi ídola Gloria Trevi, me pidió que si alguien me preguntaba por ella respondiera lo mismo que me venía diciendo días atrás: que mamá estaba enferma.

—¿Se va a morir? —le pregunté preocupada, con mi cinta deportiva en la cabeza y shorts, segundos antes de mi número especial.

—Mamá está bien —respondió papá y me apuró a unirme a la hilera, donde los demás compañeros se alistaban tras el telón.

Corrí hacia el proscenio con las pocas fuerzas que me quedaron y cuando pegué un brinco para librar el escalón me fui de boca por falta de impulso. Pude levantarme más por la pena del ridículo que por las ganas, si por mí hubiera sido me quedaba tendida ahí hasta que llegara mamá a recogerme del piso, pero finalmente me puse en mi sitio, atrás de una niña de rizos empapados de gel. Pensé que tal vez el gel pudiera servirle a papá de ahora en adelante para aplacarme el pelo. Me sobé las rodillas que se me rasparon.

La cortina subió, con un ruido de cuerdas y poleas, en el escenario improvisado del patio. Ubiqué de inmediato a papá, quien aplaudía a lo lejos con la boca apretada como si se estuviera aguantando las ganas de echarse un pedo. Pobre papá. Imaginé que no iba al baño porque no quería perderse un minuto de la tabla gimnástica, para platicársela con lujo de detalle a mamá cuando la viéramos. Pero por mucho que deseara hacer eso no debía aguantarse. Apenas unos meses antes había ocurrido algo horrible en la escuela por algo así: a una niña de quinto le había explotado la vejiga. El chisme se corrió con la velocidad que adquieren los niños al huir del que las «trae» en el popular juego de las traes. Ocurrió antes del campanazo que anunciaba el refrigerio. Los maestros se tomaron de las manos, formando una cadena humana, para proteger la identidad de la niña mientras la sacaban de ahí y así evitar el morbo entre los mirones de los pasillos y los balcones. Como mi salón estaba en el primer piso, la estrategia encubridora de los profesores fue un fracaso; pude ver todo desde un lugar privilegiado. La niña que se pasaron los maestros en brazos desde el salón hasta la salida, como los roqueros se lanzan hacia sus fans, no tenía sangre ni nada. Supuse que la explosión había ocurrido adentro de su ser. Tal vez sus vísceras estaban regadas por todos lados debajo de la piel. La reconocí. Era la niña que no se juntaba con nadie en especial en el recreo. A veces estaba con unos y luego con otros; conmigo nunca había jugado porque yo era más chica, y con los grandes tampoco se llevó. Todos hicimos nuestros grupitos, con los que pasábamos la hora del recreo; que anduviera de aquí para allá me hacía suponer que nadie la quería. Y tal vez así fuera, pero ese día media escuela se interesó por ella y estuvo en boca de todos por primera vez. Como no tenía a nadie de su confianza que hiciera la aclaración, abundaron las teorías acerca de lo que le había pasado. En esos días, cuando nos poníamos a bailotear espontáneamente porque nos andaba del baño, los maestros se cansaban de repetirnos lo mismo de siempre: «No te andes aguantando, te puede pasar algo malo». Nuestra imaginación revoloteaba acerca de eso terrible que nos podía ocurrir. Recurrimos a lo poco que sabíamos de la vida y concluimos que lo que le había pasado a esa niña se debió a lo que los grandes nos advirtieron sobre aguantarnos las ganas de hacer pipí. Un enorme volumen de agua se había juntado a la altura de su vientre, ejerciendo tremenda presión, que se liberó de golpe en forma

31

de energía lumínica, calórica y sonora. Nadie había escuchado ningún estallido, tampoco vimos luz y menos sentimos algún aumento en la temperatura, pero así se hacen los chismes.

Los niños ya contaban en náhuatl del uno al diez: *ce, ome*. Me integré hasta el ocho por andar acordándome de aquel aterrador suceso: *chicuëyi, chiucnähui, mahtlactli*. Debíamos decir al mismo tiempo los números en voz alta, haciendo gala de nuestros conocimientos sobre los pueblos prehispánicos, mientras hacíamos ejecuciones que requerían levantar las piernas más arriba de nuestras cabezas o enrollar los brazos, simulando las serpientes de la falda de Coatlicue. Los temas indígenas estaban de moda en esos años, incluso entre los invitados se hallaban algunos representantes de los pueblos autóctonos del estado de Oaxaca, quienes se encontraban en un tour auspiciado por el Gobierno por distintos lugares de la ciudad. «Para conocernos mejor» era el lema de la campaña, que estaba pegado en algunas paredes de la escuela y cada vez que me topaba con uno de frente se me aparecía el lobo y la Caperucita, cuando ella le pregunta a él por qué tiene esa boca tan grande: «¡Para comerte mejor! ¡Groaaar!».

Hice el mejor papel de mi vida en un escenario esa mañana. Pensar que mamá estaba enferma pero que de ninguna manera moriría me motivó a hacer las figuras de los animales a la perfección. Me volví un tigre, una rana, un águila y hasta una salamandra, pidiendo para mis adentros por su salud, que volviera sana con nosotros del lugar adonde se había ido a recuperarla. Las maestras se acercaron a mí al finalizar y me felicitaron. Al parecer nos habíamos sacado el premio de la rifa del festival. Me tardé en llegar con papá, pues hasta las mamás de mis compañeros me detenían a medio camino para aplaudirme porque, según ellas, lo había hecho muy bien, y cuando por fin nos encontramos entre el gentío, él me abrazó tan fuerte, como si nos viéramos después de muchísimo tiempo. Todos se nos quedaron viendo con algo más parecido a la lástima que a la admiración. Era la misma mirada de los bañistas en el balneario. Sus ojos me lanzaban la misma interrogante: «¿Dónde está tu mamá, Abigaíl?». Si me hubieran preguntado realmente, yo les habría dicho que sólo estaba enferma y que pronto se repondría. Pero como nadie dijo nada, me sentí como la niña a la que sacaron en brazos de la escuela por una supuesta explosión de vejiga. Empezaron los chismes.

Jalé a papá de la chamarra para que fuéramos cuanto antes a ese lugar donde se encontraba ella. Mamá nos requería a su lado. Pero la voz en el megáfono anunció que en efecto éramos los ganadores de la vajilla que rifaban para las mamás en su día. Fuimos velozmente juntos a la dirección, donde nos harían entrega del premio. La directora fue la única que hizo la pregunta esperada desde que llegamos a la escuela esa mañana:

—¿Y la señora? Ella tendría que recoger su premio —nos soltó como un coscorrón.

—La señora está indispuesta por ahora. Fue imposible que viniera —respondió papá extrañamente. Cada vez me parecía más rara la ausencia de mamá, sus razones.

La mujer dudó unos segundos frente a la respuesta; era probable que nunca hubiera tenido que enfrentarse a algo como eso antes. Nos pidió que la esperáramos en la banca mientras iba a preguntar qué se hacía en estos casos. ¿A quién le preguntaría? Si ella era la máxima autoridad del lugar. Sólo intercambió unas palabras con su secretaria, quien nos miró de arriba abajo, delatando lo que la directora le decía sobre nosotros. No éramos los adecuados para recibir el premio. La asistente tomó a fuerzas la estafeta de comunicarnos la última decisión:

—Una disculpa, señor, pero no podemos entregarle el premio a usted —se dirigió a papá con cierto recelo, como si todo fuera su culpa.

—Está bien, señorita, nos retiramos —papá aceptó la sentencia y me agarró de la mano.

Nos marchamos de la escuela a punto de empezar el número final del festival, el poema a la madre de Neruda. Me perdí la explicación del significado de la palabra que nos había hecho reír a todos, pero sobre todo el precioso ridículo que hicieron las maestras al intentar recitarlo simultáneamente, cada una se había ido por su lado, dando como resultado un revoltijo ininteligible de rimas. Lo bueno es que la directora había contratado un servicio de video para registrar el evento en una grabación Beta o VHS, que se vendió a la salida en los días siguientes por una cantidad más o menos elevada, de la cual seguramente ella se quedaba con una tajada, pero como hubo poca demanda papá y yo conseguimos el casete en rebaja. Todavía lo conservo. Años después, en la clase de Español de la secundaria, nos pusieron otro poema de Neruda —al parecer el poeta más famoso entre el magisterio de educación básica— y le pregunté a la maestra el significado de «mamadre». El poeta chileno se refería así a Trinidad Marverde, su madrastra, «el ángel tutelar de su infancia», a quien de cariño le decía «mamadre».

Ya en el coche, papá me puso el cinturón de seguridad y bajó los seguros de las puertas, como si con eso pudiera protegerme de lo que estaba a punto de decir:

—Mamá se fue para siempre, Abigaíl —la cara de papá durante la tabla gimnástica era más bien de compunción.

Neruda se había quedado huérfano como Heidi y como yo.

Alguien gritó el nombre de papá. Nos volvimos hacia atrás para darnos cuenta de que era la secretaria de la directora, con la vajilla a cuestas, o más bien por arriba de su cabeza.

—¿Nos promete que mandará un acuse de recibido firmado por la señora? —condicionó la señorita la entrega del premio a papá.

—Tendría que falsificar la firma, señorita. No se preocupe, quédese con la vajilla. No queremos causar problemas.

—¿Sabe qué? Yo ya no entiendo nada. Llévesela y ya. Yo hago la firma por usted.

Todo era nuevo para todos.

*

El lunes que me negaron el paso a la escuela porque no iba de blanco me di cuenta de que iba en serio la desaparición de mamá. Quedarme afuera era algo terrible para mí. Amaba asistir a la ceremonia desarrollada ese día, en la que los niños uniformados de blanco rinden honores a la bandera y cantan el Himno Nacional, con la mano derecha apoyada en el pecho, haciendo el saludo marcial. Yo sabía que debía ir vestida así porque tocaba la escolta, pero si mamá se había ausentado de un día para otro, cualquier cosa podía cambiar sin previo aviso, así que confié en los conocimientos de papá, entre los que, supuse, se encontraban los distintos tipos de uniformes que los niños usan durante su vida escolar. El de diario, una falda tableada y un suéter de botones azul marino; el de deportes, un short y una playera de cuello en v blancos, que me ponía debajo de un pants gris; el de actividades artísticas, un batón a cuadros naranja con bolsita al frente y pantalón guango; y el de los lunes, una falda, blusa y suéter blancos.

Me encantaba la escolta. Se convirtió en uno de mis momentos preferidos de la semana, y aunque nunca formé parte de ese cuerpo privilegiado de alumnos que portaban el lábaro patrio en sus manos y daban vueltas por el patio, me enajené con la perfección de sus pasos al marchar. Al verlos me sentía como frente a un hermoso y coordinado número teatral. Odiaba en silencio a los dos niños hermanos que profesaban otra religión distinta a la de todos, eran testigos de Jehová. Tenían permitido entrar más tarde los lunes

35

para evitar presentarse a esta ceremonia. Eso estaba bien, cada quien sus creencias, pero hubo días en que llegaron temprano, quién sabe por qué, y le dieron la espalda al acto de principio a fin. Me purgaba. Era inconcebible que ninguno de ellos valorara la belleza en la sincronía de un paso redoblado bien ejecutado. El «Toque de bandera», una marcha musical de un minuto diez, cuya letra cantábamos al unísono, me aceleraba la respiración. Súbitas olas de calor me abrasaban al ver la enseña como un divino lienzo tricolor, que se levantaba como un sol en el mástil entre céfiros y trinos. Sentía de veras latir mi corazón. En lugar de decir «cántico marcial», yo decía «canto comercial». De todos modos, nadie nos oía.

A mis compañeros de la escolta les ganaban los nervios y las risas, siempre perdían en el concurso por el mejor recorrido cívico. Y eso que para derrotar a las demás bandas bastaba con no equivocarse, porque ni siquiera existe un manual de cómo llevarse a cabo. Ningún plan de estudios oficial contempla su realización como una actividad obligatoria y, sin embargo, el ritual se celebra en las escuelas una vez a la semana. Los maestros continúan la tradición como Dios les da a entender, transmiten un conocimiento ancestral que, al parecer, los alumnos olvidan en el concurso de escoltas. Los guardias se adelantan, el sargento da una orden errónea o la abanderada sujeta mal el asta y casi se le cae. Nos íbamos siempre descalificados.

—La niña no puede entrar porque no porta el uniforme reglamentario —nos detuvo en la puerta la señora de la entrada, una gorda chaparrita de lentes que daba la bienvenida con la cabeza.

—Discúlpenos la equivocación, señorita…

—¡Soy yo! —interrumpí a papá—, soy de esta escuela, usted siempre me deja entrar, ¿ya se acordó? —quise mostrarme amigable con la mujer, pues era un hecho que nos conocía.

—Hay reglas en esta escuela, señor —le dijo ella a papá, ignorándome.

—Es cierto, señorita, no la contradigo. Si me lo permite, voy, la cambio y regresamos.

Los niños vestidos de blanco se nos quedaban viendo en la entrada como si fuéramos unos extraños que allanábamos su propiedad. Pasó una niña de mi salón, la de los rizos mojados de gel con la que había hecho la tabla gimnástica, y la saludé con cierta exageración para demostrar mi familiaridad, pero ella, asustada porque nos impedían el acceso, hizo como si fuera una desconocida. Todos nos estaban dando la espalda.

—Lo sentimos mucho, pero hoy no están permitidos los retardos, hay ceremonia cívica…

Pedí en silencio que me tragara la tierra y al escupirme yo fuera alguno de esos dos niños de otra religión que tenían derecho a llegar tarde los lunes. Pero sólo me debilité y me desguancé en la jardinera al lado del zaguán. Vi pasar a la abanderada, con su elegante saco azul rey, su boina de lado y sus guantes blancos. Qué presumida. Era la estrella del momento. En cambio, yo me iba a perder el evento de la escolta por primera vez. Me reproché no advertirle a papá que estaba equivocado, que ese día íbamos de blanco. Era mi culpa. También me enojé con él porque se calló lo que nos pasaba en casa, con lo cual posiblemente me habrían dejado entrar, aunque fuera por lástima.

Sin quitarnos la mirada de encima, como si tuviéramos las fuerzas para empujarla y burlar su vigilancia, la señorita gorda de la entrada nos cerró el portón en la cara. Siguió nuestros movimientos por el agujero donde enrollaban la cadena en la chapa. Papá se sentó a mi lado y, como si con eso le mostráramos que nos habíamos rendido, la mujer despegó el ojo del orificio y se fue segura de haber minado nuestros intentos. Permanecimos ahí un buen rato en silencio hasta que los escuché. A lo lejos oí aproximarse los pasos de la escolta sincronizados contra el pavimento. La ceremonia había comenzado. Cerré los ojos para concentrarme en la cadencia: la abanderada, los guardias y el sargento aparecieron frente a papá y frente a mí en fila, a punto de hacer la formación. Mi lealtad había rendido frutos; darían una función única ese lunes sólo para nosotros, papá y yo, los únicos dos espectadores en el teatro del fracaso. Al menos ellos no nos habían dejado solos. Nos pusimos de pie, hicimos el saludo a la bandera y pasaron a nuestro lado.

Los acordes marciales de la grabación en los altavoces desde las alturas marcaban el paso firme y perfecto de mis compañeros, mientras papá y yo, cual soldados de un ejército imaginario, mostrábamos respeto por el pendón que ondeaba de aquí para allá al mismo ritmo que ellos. Esos seis niños, limpios y peinados, eran los mejores hijos de la patria, estaban dispuestos a protegerla y defenderla con su vida si era preciso.

—¡Atención, escolta! Conversión a la derecha, ¡ya! —lanzó la orden el sargento, un niño de cachetes rojos y pestañas largas.

Dieron media vuelta en la dirección indicada al mismo tiempo. En los costados, uno de ellos servía de guía, y el otro, de eje, pero ambos controlaban el compás de su desplazamiento con elegancia, sin adelantarse ni atrasarse a los demás. Los más cercanos al centro disminuían la longitud de su paso y los más alejados hacían lo contrario para alcanzar la posición en su debido momento. La marcha circular acabó a la voz de «Paso redoblado, ¡ya!» y todos sincronizados continuaron su camino, sin braceo, en una nueva dirección, opuesta a nuestra ubicación. La gala había terminado sin ninguna equivocación y aplaudí. Las palmadas quebraron el encantamiento. Papá y yo, en la jardinera, seguíamos afuera de la escuela, solos.

*

Los últimos viernes de cada mes se realizaban las reuniones de educación básica conocidas como juntas de consejo técnico. Participaban los directores y la totalidad del personal docente de todas las escuelas del país, de preescolar a secundaria. Según se hacían para planear estrategias dirigidas a tratar problemáticas, logros académicos y necesidades pedagógicas de los alumnos, pero en la práctica los resultados son apenas notorios. Lo más evidente de estas juntas, por lo que se han vuelto realmente conocidas entre la comunidad escolar, es que ese viernes al mes los niños están libres de clases y sus padres nunca saben dónde dejarlos ni qué hacer.

Era imposible que papá se reportara al trabajo supuestamente enfermo para tomarse un fin de semana de tres días, o lo que se conoce comúnmente como sanlunes. Éste no era el caso porque era viernes, pero aunque hubiera sido lunes tampoco lo habría hecho, pues consideraba que la verdad engrandece y la mentira envilece. Su alma se mantenía en calma a partir del seguimiento puntual de ciertas máximas, que parecían sacadas de algún manual de urbanidad. Papá tenía poca práctica en el arte del engaño. En nuestras condiciones hubiera sido justificable faltar a la verdad, pero evadir que una persona de su afecto se había ido de su lado era para él un acto totalmente deshonesto de su parte. Antes que mentir mejor pidió un permiso especial para tenerme sentada y callada en su consultorio ese primer día de consejo técnico sin mamá, pues no tenía con quién dejarme. Lo que para él seguramente representó un problema logístico, para mí fue un gran descubrimiento, que alivió bastante mi psique infantil. Por fin iba a conocer su lugar de trabajo. Me había dicho que era médico, pero hasta entonces me resultaban confusas sus funciones, y como nunca había visto lo que papá hacía durante el día, imaginaba que su trabajo era de algún modo perverso. Lo primero que me sorprendió al llegar fue que todos los que laboraban ahí estaban vestidos de blanco. Si papá usaba un uniforme igualito al mío de los lunes cómo pudo equivocarse ese día. Ya no le di más vueltas a eso porque de pronto apareció frente a mí una señora enorme.

Se tumbó en la silla y apoyó los codos en el escritorio, como quien los sube a la mesa a la hora de comer; qué alivio que opusiera esa resistencia con los brazos, para evitar desparramarse más. Un joven de bata corta se acercó a ella, mientras papá se lavaba las manos. Con un aparato parecido a unos audífonos, que se conectaban al pecho de la mujer, el muchacho escuchaba la música de ésta, al inhalar y al exhalar. Después le rodeó el conejo con una banda, que por la acción de una perilla se inflaba y le apretaba el brazo cada vez más y más. Me tapé los oídos porque, en un momento dado, asfixió tanto la extremidad que pensé que le explotaría. Nada ocurrió. Pero el momento más emocionante sucedió cuando la tremenda señora se subió a la báscula para medir su peso y altura. La balanza tronó a punto de romperse y yo me carcajeé nerviosa de que la hubiera descompuesto. Ella quitó la mirada unos segundos de mi padre, a quien seguía con sus gigantescos ojos sin rotar el cuello, para verme a mí. Qué miedo. Las órbitas aprisionadas entre sus tiesos párpados viraban hacia los lados, abarcándolo todo, como un reptil que acecha de reojo a su presa. Mascaba el chicle con la boca abierta. Qué mala educación.

—Cuénteme, señora. ¿En qué le puedo servir? —inició papá el cuestionario para diagnosticar.

El médico es casi un adivino que, a partir de una serie de síntomas, determina la causa del malestar de las personas. La mayoría de las veces las enfermedades son las mismas de un paciente a otro: tos, catarro, infección estomacal. Pero cada sujeto es único y los signos en uno pueden significar una enfermedad determinada que en el otro será un padecimiento distinto. No hay enfermedades sino enfermos. Comenzaba a comprender para qué sirven los médicos.

—Me duele el pecho —dijo la mujer, señalándose la parte adolorida con la mano.

—¿Se golpeó? ¿Ha realizado algún esfuerzo?

—No —ella estiraba y contraía la goma de mascar con los dedos, afuera y adentro de su boca.

—¿Cuándo empezó?

—No sé.

—¿Le duele todo el tiempo?

—Cuando me acuesto.

—¿Sólo cuando se acuesta?

—Sí.

La enferma hizo bolita el chicle con los dedos. El residente le acercó el bote para que tirara la diminuta escultura, pero ella se negó y la introdujo otra vez en su boca.

—¿Si toco aquí duele? —papá se aproximó a su paciente y comenzó la exploración.

—No.

—¿Acá? —recorrió el área que rodeaba al corazón.

—Tampoco.

—¿Aquí duele?

—No.

Le pidió que se levantara un poco la blusa porque debía auscultarla con el estetoscopio, que era el nombre de aquel instrumento que había usado el residente primero para escuchar los sonidos de su corazón. Ella bufó y se descubrió el cuerpo de mala gana: de reptil había mutado en toro. Inhaló y exhaló otra vez, haciendo un ruido extraño con la garganta, como si tuviera un gallo asfixiado adentro. Cada respiración parecía la última de tanto esfuerzo, pero todo estaba bien, estaba libre de sonidos sibilantes en el pecho. Los latidos presentaban el ritmo adecuado. Papá consideró la posibilidad de que la mujer no tuviera ningún mal físico. Buena parte de los pacientes acuden a las clínicas somatizando. Se quejan crónica y persistentemente de varios síntomas que carecen de un origen físico. Visitan a diferentes doctores, para obtener el tratamiento que imaginan necesitar. Sus conflictos psicológicos se expresan como signos físicos, que, en verdad, experimentan en carne propia, porque su mente les hace algunas trastadas. Le pidió que se recostara en la mesa de exploración.

—¿Dice usted que cuando se acuesta le duele el pecho?

—No, cuando me acuesto no. Cuando me acuesto a ver la tele —el toro ahora parecía una yegua y relinchó.

La aclaración de la paciente le pareció graciosa a papá, a juzgar por la media sonrisa que hizo, pues al parecer lo que le causaba malestar a ella era la programación televisiva o algo así. De pronto, su visión perdió agudeza. Sacudió la cabeza y detuvo unos segundos la auscultación. Soltó los instrumentos y se alejó un paso de la mesa. El otro sujeto, el residente, se dio cuenta y llevó a papá a sentarse en una silla. Quise acercarme a ver qué le pasaba, pero él me hizo prometer que mientras tuviera paciente me quedaría sentada y callada en mi lugar. La que se movió fue la señora, quien acostada aprovechó la interrupción de la consulta para girar lentamente el cuerpo hacia la orilla del diván y deshacerse del chicle esta vez. Lo escupió en el bote que el ayudante de papá había dejado ahí minutos antes, y regresó a su lugar serpenteando.

—Uta, está peor que yo —siseó la mujer en el trayecto, refiriéndose a papá.

Él se aproximó hacia ella dando pasitos, con las manos en las sienes. Había recuperado la nitidez en la vista, pero ahora le punzaba la cabeza. Como pudo, tomó los instrumentos y continuó la consulta en completo silencio, mientras los susurros de la enferma en sus oídos sobre la mala calidad de los servicios de salud sonaban como abejas. Comenzó de nuevo a quejarse de dolor en el pecho. Un infarto no era ni tampoco una contractura muscular.

—Usted se encuentra en perfecta condición física, señora. Le voy a dar un pase a salud mental para que la valoren…

—dijo papá con dificultad. En otro momento habría matizado eso de que estaba algo chiflada, pero al dolor de cabeza que lo aquejaba ahora se había añadido un zumbido en los tímpanos. Quería terminar la consulta cuanto antes.

—¿Me está diciendo que estoy loca? —preguntó alterada.

—Digo que usted ha estado preocupada por algo en las últimas semanas y cuando se acuesta a ver la televisión se acuerda de eso. ¿Podría ser? —intentó calmar la situación.

—¡Ora resulta! ¿Dónde me puedo quejar? ¡Pésimo servicio! —sacó un nuevo paquete de chicles, desgarró la envoltura con los dientes y se metió a la boca los cuatro de un jalón. Como un buitre que desciende para matar a su presa y vuelve a elevarse con la carroña en el pico, la mujer salió del consultorio azotando la puerta.

Papá estaba acostumbrado a lidiar con la gente que desquita sus frustraciones en el consultorio, pero en esa ocasión se preguntó, por primera vez, con quién podía vengarse él de las suyas. De ninguna manera se iba a poner a discutir con esa mujer sobre si su enfermedad era del corazón o de la cabeza. Tenía razón, él estaba peor que ella. El residente, en cambio, estuvo a punto de contestarle a la paciente en el mismo tono, sólo que papá lo detuvo y le pidió que se contuviera. Lo que se debía hacer en esos casos era informar al inconforme dónde podía hacer su queja y dejarlo ir. Los demás pacientes estaban afuera esperando y no tenían por qué pagar las consecuencias.

—Nunca voy a entender a los pacientes —dijo el residente un poco molesto, mientras acomodaba los abatelenguas en un recipiente esterilizado—. ¿Qué es lo que quieren?

—Aprende a ser rápido ahora, hijo; ya aprenderás después a ser bueno ante los ojos de ellos —le dijo papá, quitándose la bata.

El combate del humano con el animal había terminado.

—No te encariñes con las personas frágiles. Duran poco y se van pronto —me aconsejó mamá la única vez que la vi en mis sueños tras su desaparición.

Despertaba cada día con la ilusión de que tal vez ése fuera cuando la volvería a ver. Por más esfuerzos que hice nunca pude recordar cómo iba vestida la última ocasión. Mamá se desapareció tan de repente de nuestras vidas que me convencí de que así era la muerte. Y aunque papá seguía callado al respecto de su paradero, para mí era un hecho que ella estaba muerta. Se me ocurrió que la muerte era un acontecimiento que lo alteraba todo en un instante, sin la posibilidad de devolver las cosas a su estado anterior. Las flores eran lo único que había visto morir hasta ese momento y en mi imaginación mamá era una flor de maceta, como las que teníamos alineadas a los costados de la puerta. Una maravilla roja en forma de trompeta que, en su mejor época, abrió sus pétalos por las tardes cuando bajaba el sol, exhalando su aroma dulce, pero que al final una plaga mortal la atacó. Fue mi primera imagen de la muerte. Se me sembró la idea de que cualquier cosa podía enfermarme a la primera, y si no me cuidaba podía morir. Mamá había enfermado y no pudo salvar la vida. Jamás le dije a papá que, a su lado y en comparación con ella, él me parecía insignificante, pues mamá sabía hacer muchas cosas. Pero al paso de los días y ante el hecho de que nada más quedaba él a mi lado, sus conocimientos sobre medicina me parecieron extremadamente útiles. Era médico y ahora sabía que los médicos curan las enfermedades. Qué lástima que no hubiera podido sanar a mi madre, pero estaba segura de que, a su lado, yo nunca me iba a morir.

No como había muerto el drogadicto que vivía en el cuarto de servicio del edificio. Que si dejaba apestando a mariguana el pasillo de la azotea, que si entró tambaleándose con sus amigos, que si le vendía drogas a niños, que si no le bajaba el volumen a la música no íbamos a poder dormir. Le decían Cruz, y a mí siempre me pareció que, si era tan malo como ellos creían, su nombre entonces le hacía poca justicia a su maldad, porque era el símbolo de la victoria de Cristo sobre la muerte y el pecado, según había aprendido en algún momento en el catecismo. Para mis adentros era más bien Tache, como el signo, parecido a la cruz, que me ponían cuando respondía mal un examen. Tache tenía un rostro y un cuerpo indefinidos para mí, así que era un estímulo para los otros sentidos, lo reconocía desde mi habitación como un olor mareador que entraba por la ventana o como el sonido estridente de los tamborazos acompañados de gritos, características del heavy metal.

Bajé al patio a esperar a papá porque ya se había tardado en llegar a la casa del trabajo. Tenía que quedarme sola un par de horas después de la escuela, de la cual había empezado a regresarme también por mi cuenta, porque papá salía más tarde que yo y tampoco podía llevarme al centro de salud a diario. Nunca pude acostumbrarme a esto, me provocaba bastante ansiedad. Creía que, si lo esperaba cerca de la entrada, él llegaría más rápidamente. No quería perderlo como había perdido a mamá. Si hubiera podido salirme del edificio a esperarlo afuera de su consultorio lo habría hecho, pero ni siquiera tenía las llaves de nuestro propio zaguán. Me llevé una pelota para entretenerme en el patio mientras tanto y, una vez ahí, me di cuenta de que casi todos los deportes con pelota se juegan en equipos y yo siempre estaba sola. Acabé botándola contra la pared como si eso fuera un juego. De golpe se paró afuera una ambulancia y dos hombres se bajaron de la unidad.

—¡Abre, niña! —me gritó uno de ellos. Yo me asusté y les aventé la pelota, que se estrelló contra las rejas, sin siquiera tocarlos.

—¡No puedo! —les expuse mi situación, esquivando la vigilancia de papá, a quien sentía siempre a mi lado cuando estaba a punto de desobedecer en algo. Además de que tenía prohibido hablar con extraños, carecía del instrumento adecuado para abrir la cerradura.

—¡Es una emergencia! ¡Abre la puerta, por favor! —me gritaron de nuevo y yo sentí sus ruegos como navajazos en el corazón.

Al ver la reticencia de mi parte, los sujetos regresaron a la ambulancia por algo, soltando pestes sobre mí, como si mi negación hubiera provocado que la persona por la que venían pasara de pronto a un estado de gravedad, que no saldría caminando de ahí.

—Esta puerta abre con llave y yo no la tengo, señores —intenté explicarme mejor, ahora que había decidido contravenir las órdenes de papá de no hablar con nadie. Sobre todo para que vieran que no era mala onda de mi parte.

—Niña estúpida —soltaron, y las cortadas que traía en el pecho comenzaron a sangrarme.

Apareció papá, que les abrió de inmediato, agitado, pensando que los paramédicos venían por mí, que algo me había ocurrido. Pasaron a nuestro lado como descargas eléctricas, rodando una camilla.

—¿Estás bien, mi amor? No pasa nada, ven —me protegió detrás de él.

—Maté a alguien.

—¿Qué dices? ¡No digas tonterías, Abigaíl! ¿Qué haces aquí abajo?

—Todo es mi culpa.

Aquellos hombres venían de regreso a toda velocidad con alguien en la camilla. Las escaleras estaban tomadas por los vecinos para enterarse de los motivos de la batahola y los rescatistas les pidieron que les abrieran paso, que dejaran de andar de chismosos. Era Tache. Lo supe porque un aroma tan hediondo como el suyo sólo podía tener esa apariencia. Por primera vez estuve frente a su persona: sacaba espuma por la boca y tenía los ojos blancos entrecerrados, como perro rabioso. No estaba muerto, porque se movía, daba manotazos para todos lados; pero si a eso podía decirse que seguía vivo, en breve dejaría de estarlo, a juzgar por su apariencia. Entonces me cayó el veinte: Tache sí que se dedicaba a algo perverso, no como papá que era médico. Al revés de él, que curaba a la gente, su profesión de mariguano consistía en enfermarla. Tache había infectado de muerte a mamá cuando ella subía a la azotea por la ropa y tal vez hasta nosotros estuviéramos contagiados de lo mismo. Me pareció injusto.

—¡Nos vamos a morir! —grité en el patio y los camilleros me miraron con la seguridad de que en efecto yo era una niña muy estúpida.

—Eso no va a pasar mientras yo esté aquí. Tranquila —papá me jaló del brazo y subimos a casa de la mano.

En la clase de Civismo nos habían enseñado los artículos de la Constitución, uno decía que todo el mundo tenía derecho a ser lo que se le antojara, que supuestamente la sociedad estaba organizada para preservar nuestros deseos, podíamos trabajar en lo que quisiéramos. Pero ahora con todo esto, creí que en realidad nuestra profesión nos tomaba por asalto, como los resfriados. Conque ser drogadicto se contagiaba. Que nuestra libertad de elegir no era nada más que una ilusión. Tenía miedo de contraer también esa vocación y morir. Rezaba todas las noches para nunca volverme mariguana. Por eso cuando los adultos me preguntaban qué quería ser de grande, nunca respondí como esperaban, pues lo único que yo sabía era que no quería ser una toxicómana.

III

Papá y yo nos separamos apenas hace unos meses, cumplí dieciocho y se lo pedí de regalo. Aunque al principio se resistió un poco porque al parecer mi profesión nunca me tomó por asalto como creí de niña y a estas alturas de mi vida soy prácticamente una desocupada, por lo cual él iba a tener que pagarme la renta, aceptó hacerme ese presente de cumpleaños. Por mi parte, sentí que tener la mayoría de edad me hacía una adulta. Me mudé a un cuarto de hora de ahí. Antes de esto, papá y yo éramos uno. Me habría quedado siempre a su lado, pero conforme nos hacemos mayores se incrementa mi temor a perderlo por causas naturales. Sobreviví a la ausencia de mamá de chica, pero estoy segura de que, de grandes, me iré junto con él cuando muera. Aunque mi vida se trate precisamente de las pérdidas, me resisto a considerar la posibilidad de su desaparición. Papá es lo único que me queda y por eso mismo debía separarme de él, así fuera matándolo. No me refería, por supuesto, a una muerte real sino simbólica, por lo que alejarnos unos kilómetros me pareció la mejor manera de hacer frente a lo inevitable. En secreto, me guardo para mí su inmortalidad.

Llevábamos quince días en casas diferentes, cuando me llamó por teléfono para pedirme que fuera a verlo a la suya. Me desconcertó un poco, porque nunca hacía ese tipo de peticiones. Además, nos veíamos todas las semanas desde que me cambié, sin que tuviera que solicitarlo. Tal vez me extrañaba demasiado.

—¿Todo bien? —pregunté a través del auricular. Algo malo podía haberle ocurrido también.

—Sí —respondió sereno—, sólo que cambié la puerta y quiero darte las llaves nuevas.

Se jubilará del centro de salud en los próximos días. El dinero de su retiro y la costumbre, a ratos maniática, de ahorrar lo convertirán dentro de poco en un hombre prácticamente rico. Insistí en que planeara un viaje con esa fortuna y de paso me invitara. Nunca había salido del terruño, quizás era una buena oportunidad. Con lo que tenía podía recorrer un continente entero. Pero para eso debe subirse a un avión y a papá le da miedo volar. Al parecer había encontrado una forma menos peligrosa de empezar a invertir su fortuna, haciendo algunos arreglos a la casa.

La puerta nueva tenía, además de cerrojo, una enorme manija plateada y abatible por fuera. Tiré de ella incrédula de que pudiera abrirse, pero, para mi sorpresa, cedió. Ni siquiera tuve que tocar. Una hilera de gotas rojo brillante me recibió, como una cadena de diminutos rubíes desde la entrada al cuarto de papá. Aunque había por lo menos dos razones para creer que algo terrible había ocurrido ahí adentro, como que cualquiera podía entrar a robar por esa puerta abierta por la que yo misma había pasado sin ningún impedimento o que el cerrajero hubiera copiado la llave nueva para asaltarlo, una nunca desea de entrada lo peor a sus familiares, y lo primero que pensé al ver ese camino granate en el piso fue que en realidad era de pintura, restos de esmalte rojo oleoso de algún mueble remodelado.

—¡Papá! —dije—, ¡papá! —subí la voz—, ¡papá! —grité. Nada.

Metí las manos en los bolsillos del pantalón, como si con eso pudiera resistir lo que el destino tenía preparado para mí esa mañana. Recordé la presión del cinturón de seguridad sobre mi cuerpo esa otra mañana que papá me dijo que mamá se había marchado para siempre. Y me dio tranquilidad. Quise emular una sujeción semejante, metiendo las manos en los bolsillos, como si estuviera contenida con una mordaza imaginaria, de algo había de servir. Seguí la ruta del piso. Obviamente era sangre, no pintura, y yo no podía despegar la vista del dibujo coagulado que me conducía hacia él.

—¡Papá! —lo intenté por cuarta ocasión.

Un olor a metal corrompía la estancia, la sangre huele a lo mismo que las monedas. Tuve la sensación de que un suave pero persistente aroma a hierro, a punto de oxidar, impregnaba ya las superficies porosas de la casa de mi infancia y que en unos minutos la ropa que yo traía hedería a linfa y plasma por igual. Viví con papá durante décadas, y ahora que llevaba unos días afuera, nos pasaba esto. No podía ser. Era el destino diciéndonos que nunca debimos separarnos. Sofoqué un grito. Aunque mi corazón clamaba por él altísimo, quedé muda. Sabía que el acto de pronunciar su nombre, de llamarlo en voz alta, sería la confesión de algo que no me iba a gustar.

Pude ver de reojo el desorden en su habitación y por segunda vez pensé que efectivamente lo habían asaltado. Maldije al carpintero que le había hecho una puerta defectuosa. Pero casi de inmediato, como si un mecanismo de defensa ante el infortunio pusiera a salvo a mi padre con tan sólo desearlo, tuve la sensación de que él estaba bien, inexplicablemente bien. Entonces percibí un lamento en el baño. Ahí estaba y estaba vivo. Gracias. Saqué las manos de los bolsillos, relajé los brazos y me dirigí a su encuentro.

—¿Qué te hicieron, papá? ¿Estás bien? —creí por tercera ocasión, esta vez con firmeza, que había entrado un ladrón. Perdí al instante la tranquilidad que había recuperado.

Sobre la taza de baño, con la cabeza echada totalmente hacia atrás, el cuerpo de papá era una escalera, y cada una de sus articulaciones los escalones hacia ningún lado, parecía escultura de Edward James. Con una bola de papel apeñuscado se tapaba la nariz y mantenía la boca abierta para respirar.

—¿Te golpearon?

Di un paso hacia él para que pudiera verme desde donde estaba y quiso sonreír, pero eso suponía estimular los músculos aledaños a sus fosas nasales y volver a sangrar. El rollo de papel había dado de sí ante la emergencia y yacía en el piso desenrollado. Lo recogí, partí un nuevo trozo consistente y se lo di. Él me devolvió a cambio un cuajo húmedo de sangre y se tapó la nariz con el nuevo. Al parecer la hemorragia había parado.

—Me empezó a sangrar y no paraba, nunca me había pasado —dijo gangoso sin liberar sus narinas del pequeño broquel de fibra.

—Me asustaste, papá. Pensé que te había pasado algo. Dejaste todo lleno de sangre. ¡No manches!

Me puse frente a él para levantarlo. Abrí las piernas y con ambas manos lo atraje hacia mí, poniéndolo de pie.

—Discúlpame.

—¿Ibas de salida? —comencé la indagación.

—No, estaba viendo la tele —respondió.

—¡Pues qué elegante ves la tele, entonces!

Recostado ahora en la cama, papá estaba vestido con pantalón, saco y corbata. Su traje tenía manchas de sangre por todas partes. Le quité los zapatos y los calcetines, y con cuidado giré su cuerpo sobre el colchón para zafarle los brazos de las mangas del saco.

—Como no paraba pensé en irme a urgencias —se aflojó el nudo de la corbata—. Pero no encontraba mi corbata —se la dejó desatada como bufanda, colgándole del cuello.

Desabotoné la camisa para quitársela, estaba tan salpicada que cualquiera hubiera pensado, al verla, que debajo de ella había una enorme herida. La sangre es un excelente pigmento, duradero y llamativo. El plasma había traspasado la tela de la camisa azul, transformándola en rojo profundo, y manchado la camiseta de tirantes puesta debajo también.

Pensé en enjuagar la camisa en el lavabo para liberarla del color, pero la sangre es un tinte casi permanente. La eché al bote de basura, cuidándome de que papá no me viera.

—¿Tu corbata? —pregunté, casi enojada—. ¿Estabas buscando tu corbata, papá? ¡Pero si te estabas desangrando! —tal vez exageraba, porque no conocía a nadie que hubiera muerto por una hemorragia nasal, pero tampoco me parecía algo descabellado.

—Uno tiene sus manías, hija.

—¡Sobre todo en medio de una emergencia, me imagino!

Solté la hebilla del cinturón y lo deslicé bruscamente de la cintura de papá, quien ahora estaba en una posición fetal, dejando caer el cinto al suelo. Por primera vez en toda mi vida tuve ganas de golpearlo; conque la preocupación se manifestaba en mí como rabia. ¿Quién en medio de una hemorragia gasta segundos vitales en buscar una corbata? Ya no estaba en edad.

—¿Por eso todo este desorden? —me volví a mirar los cajones entreabiertos y los ganchos caídos a ras del clóset.

—Por la camisa…

—¿La camisa qué?

—No encontraba ni la camisa ni la corbata.

—¿Te cambiaste de ropa mientras estabas sangrando, papá? ¿Es en serio?

Las ventanas de la estancia estaban abiertas: era un día claro, de ésos en los que se ve hasta siempre. Deseé fumar. La única vez que probé un cigarro tenía diez años y un vecino del edificio, mayor que yo, sacó al patio dos de la cajetilla de su madre, a quien solía prenderle uno a diario. Ella no se daba cuenta del hurto más o menos sistemático de su hijo, porque él era el encargado del control de los paquetes, al ser el responsable de encenderle su contenido cotidianamente. En cambio, yo estaba tan nerviosa de que papá nos descubriera, que me lo acabé en tres caladas como una profesional. Ni siquiera me mareé, al contrario, la nicotina produjo un efecto relajante y me tranquilicé. Quizás un cigarro me calmaría un poco ahora como esa vez, pero a diferencia de mi vecino y su madre, en esta casa nadie había fumado nunca, y no tenía ninguno a la mano. Un médico debe poner el ejemplo a sus pacientes, solía decir papá cada vez que pasaban un comercial en la tele de alguna marca de cigarros. Era lo único que me decía y, aunque debo confesar que durante un tiempo me molestó su insistencia, eso me bastó para comprender que él jamás probaría el tabaco y que yo tampoco debía hacerlo. Y dentro de lo que cabe así sucedió conmigo. Pocas veces he estado en contra de las ideas de mi padre; de hecho, me resultaba poco creíble que su actitud en esta ocasión tuviera que ver con la vanidad, porque ponerse presentable en medio de una emergencia me parecía, de veras, una exageración.

Papá se estaba quedando dormido en camiseta y pantalón y corría el riesgo de pescar un resfriado por la humedad de las prendas. Tal vez, también fuera una exageración de mi parte, pero es que lo veía demasiado vulnerable. Lo más fácil, si no quería despertarlo, iba a ser quitarle el pantalón y taparlo. O eso creí. Cuando lo desabotoné y descorrí el cierre me detuve. Ajena a mí, como impulsada por una fuerza antigua, casi ancestral, salí del cuarto nuevamente. Nunca había visto a mi padre desnudo, y no sabía si estaba preparada en ese momento para hacerlo por primera vez. Cada quien es propietario de una porción de pudor en el mundo y del derecho de protegerlo hasta el final de sus días. Quién era yo para arrebatarle esa posibilidad a papá.

—Trabajé en un hospital más de cuarenta años, hija —dijo papá desde la habitación y regresé a verlo—. Las personas que llegan a urgencias están en total indefensión. Yo me prometí que cuando me tocara a mí, me aparecería presentable.

—Date de santos que tuviste chance de escoger tu atuendo, papá. No todos tienen esa oportunidad.

—Pues con mayor razón entonces, hija. Ni modo que llegara en pants. Hazme el favor.

Papá se sentó en el borde la cama y con un leve temblor en las manos se quitó el tapón de la nariz, temiendo que volviera a sangrar. Con las manos libres ahora sí se sacó la camiseta por la cabeza y la arrojó al mismo cesto donde yo había tirado su camisa. La piel del torso era una calca de sus costillas. Nunca lo había visto tan flaco; lo recordaba más fornido. Sus pezones eran casi del mismo color de su piel, rosita. Me sentí un poco apenada al verlo, pero al parecer, si yo no estaba lista para descubrirlo en toda su desnudez, papá estaba preparado para mostrarse ante mí tal cual es. Quise distraerme un poco buscando su pants y alcancé a ver la chamarra debajo de la cama.

—Sólo queda conservar la dignidad —concluyó al respecto de llegar decente a urgencias.

Lucía tan pequeño. Como si en estos días alejados se hubiera ido desapareciendo, tal como yo me le desaparecí de la casa de un día para otro. No se delineaba ninguna musculatura, sino una estructura ósea aferrada a la superficie cutánea. Me pregunté dónde había quedado el cuerpo. Su miembro recogido entre una pelambre canosa había dejado de ser extraordinario como seguramente lo había sido en la juventud. Papá y yo nos quedamos en silencio unos segundos, como se quedan los que atraviesan un duelo. Y de alguna forma así era, aunque aún no lo supiéramos. Nos estaba pasando una vez más.

Le di los pants y se los puso. Después fui a la cocina, donde llené una cubeta con agua y sumergí una jerga para limpiar el piso, borrando las evidencias de la escena del crimen sin asesinos que nos cambiaría la vida para siempre a los dos.

—Éstas son tus llaves —papá estiró la mano con mi juego en un llavero de delfín, que traía en los bolsillos del pants—. Ésta es la de la chapa de arriba —sostenía papá frente a mí una llave redonda entre los dedos— y ésta otra, la del pasador —me mostraba ahora una llave larga.

—Papi —interrumpí la demostración—, no sé si sea el mejor momento para decir esto, pero la puerta nueva tiene una manija además del cerrojo, y cualquiera puede abrir desde afuera con sólo tirar de ella. Como yo le hice ahorita para entrar.

—Sí, caramba. El carpintero la hizo mal —dijo apenas ligeramente abatido.

—¿Cómo que la hizo mal? —comenté con exaltación.

—Yo creo que ni él mismo se dio cuenta —añadió—, pero no hay problema, la madera es de buena calidad. Está bonita. Además, los ladrones se meten a robar las casas solas y yo siempre estoy aquí.

—Pero ¿entonces para qué necesito las llaves? —pregunté con la intención de hacerlo recapacitar sobre lo que decía.

—Para cuando te quedes a dormir y me hagas el favor de echar el pasador por dentro —dijo papá, tan seguro de lo que decía que casi me convenció.

—Pero cuando me quedo a dormir tú también estás aquí, o sea, qué caso —insistí con franca curiosidad.

—Bueno. Por si a mí se me olvida alguna vez.

Papá tiene una tarea distinta a la de causar problemas a los demás, labor para la que tantos de nosotros parecemos exclusivamente destinados. Desdeña protegerse a un grado poco compatible con las condiciones modernas. Es como si hubiera escapado de la influencia del mundo. Me quedé en silencio, observándolo: era un ser irreal.

—Bueno, hay puertas así, Abigaíl. ¡Qué le vamos a hacer! Creo que hasta la vecina tiene una igual —intentó persuadirme.

Me asomé para comprobar lo que decía y vi que efectivamente la puerta de la vecina también tenía una manija, sólo que la de ella estaba fija, como la que todas las puertas debían tener para asirla a la hora de abrir o cerrar. Por la nuestra, en cambio, podía pasar cualquiera. Como ocurrió esa mañana, cuando yo entré sin avisar y a papá ya se le había metido un nuevo huésped en su casa llamado enfermedad.

*

Enterramos a mamá como se entierra a los animales muertos; igual que con los peces millón. Papá compró unos de ésos, mejor conocidos como *guppies*, en el mercado de los sábados porque eran baratos, lo malo fue que se nos murieron a los pocos días. Amanecieron tiesos y boca arriba en la pecera y eso que el cuidado de esta especie acuática no representa grandes dificultades ni exigencias. Me entristecí al verlos y comprendí que, además de las flores, los animales morían también. Papá y yo bajamos al patio. Con una cuchara de metal de las grandes, él hizo un hoyito en la tierra, a un lado del rosal en medio del jardín. En ese sitio se ponían también los caracoles a retozar y sentí un poco de preocupación de echar a los peces millón muertos tan cerca de lo vivo. Imaginé que los caracoles se terminarían comiendo sus huesos. Pobrecitos. Era como ingerir desechos. Papá vació cuanto antes la bolsa de nuestras mascotas secas y ya no pude decirle nada acerca de lo que podía llegar a pasar abajo si las dejábamos ahí. Con el mismo cubierto que a partir de ese momento se volvió nuestra herramienta para los entierros, cernió cucharadas de tierra encima de ellos y los cubrió en forma desigual. Luego con un cuchillo, que también nos sirvió en adelante para las siguientes ceremonias fúnebres, emparejó la superficie mientras rociaba un poco de agua para facilitar la tarea. Esa noche no pude dormir. Me despertaban las pesadillas de lo que podía estar pasando en la tumba del patio.

Papá trajo *guppies* nuevos a la casa de inmediato. Esta vez había comprado dos, una hembra y un macho, según le dijo el vendedor, pero nunca pudimos distinguir cuál era cuál. Me impuse la tarea de vigilarlos. Quería evitar que se me murieran otra vez. Me la pasaba viéndolos a través de la pecera y pude notar algunas diferencias entre ellos. Uno era más grande que el otro. Pero el pequeño llamaba mucho la atención por los verdes, azules y naranjas brillantes salpicados en formas inesperadas sobre su cuerpo. El de mayor tamaño era de un tono aceituna y tenía apenas algunos destellos en la cola. Se perseguían todo el tiempo entre las rocas y las palmeras de adorno. Les puse nombre. Clodomira a la más vistosa porque supuse que era niña y Roberto, al niño, el menos llamativo. Les daba de comer dos veces al día unas obleas en trocitos que olían a sal, pescado y humedad. Durante unas semanas logré hacerme cargo de algo que no se moría a la primera. Estaba encantada.

Hasta que una mañana esparcí los copos de alimento en la pecera y se fueron al fondo antes de que ninguno de mis millón los absorbiera con la boca. Habían muerto. El más grande flotaba a la mitad del acuario panza arriba y el chiquito en la misma posición más abajo, rozando las piedras naranjas que hacían juego con sus manchas. Aunque sentí feo por ellos, lo cierto es que también me emocionaba realizar el ritual que habíamos hecho con los anteriores, estaba segura de que en esta ocasión yo podría llevar la batuta. Enterraríamos a los peces junto con pedacitos de fruta, para que los caracoles se comieran eso en lugar de a nuestras mascotas. Papá me dejó hacer a mí todo el procedimiento, tal como lo pensé, y me salió a la perfección porque le había puesto mucha atención la primera vez.

El siguiente fin de semana acompañé a papá al acuario ambulante del tianguis, donde descubrí que en las peceras de los vendedores convivían *guppies* vivos y muertos todo el tiempo. En una coreografía improvisada nadaban de un extremo al otro de ese universo de vidrio. También pude ver unas bolitas cafés arracimadas en un alga próxima a la superficie. Eran caracoles, gasterópodos de agua. Conque la coexistencia entre caracoles y peces era más frecuente de lo que hubiera podido pensar. Cuando pedí mis nuevos ejemplares, el vendedor me preguntó si quería machos o hembras. Convencida de mis capacidades para distinguirlos, le dije que hembras porque eran las más bonitas. Pero el señor jaló con una red a los peces color aceituna. Me pronuncié por los otros, pensé que se había equivocado y él me aclaró que esas pececitas monótonas que estaba echando en la bolsa de plástico eran las hembras. Un poco decepcionada, me quedé con ellas, pues no quería mostrar mi ignorancia. Esa tarde, al volver a casa, profané la tumba de todos mis peces muertos en el jardín; quería saber qué había pasado, si se los habían comido los caracoles. Pero ahí estaban, completos y, de los anteriores, los pequeños esqueletos.

Lo mismo hicimos con mamá. Papá me pidió que me adelantara en el patio con la excavación. Elegí el lugar idóneo para enterrarla. Al lado de un árbol de hojas con reverso plateado, un álamo, a unos pasos de nuestros peces. Era importante la cercanía; así podrían acompañarse. Abrí una zanja larga donde cupiera su cuerpo, que en realidad era bastante superficial, era obvio que nadie hubiera entrado ahí. Estaba emocionada: tendría la oportunidad de verla por última vez. Con qué naturalidad se acercan los niños a lo que debiera darles miedo. Mientras la sepultábamos, fijaría ese instante en mi memoria para siempre, pero cuando papá llegó lo único que traía consigo era una de las macetas de la entrada. Las maravillas rojas que había imaginado como ella días atrás. Introdujo ambas manos en el recipiente y extrajo el tallo con sus raíces. Después trasplantó el esqueje en el suelo fértil del jardín y llenó el hueco con la misma tierra del depósito original. Mamá había adquirido la forma de una flor y me quedé tranquila, aunque algo inconforme porque hubiera preferido verla en su cuerpo original. El mundo me pareció un poco injusto en esos momentos. La visité todos los días sin falta, pero finalmente la planta se secó, como nuestros peces, dejando un hueco en la hilera de macetas de la entrada y en nosotros también. Mamá se nos murió por segunda vez.

*

Se dice que el cuerpo humano es propenso a sufrir entre las tres y las cuatro de la mañana. Durante ese lapso el sistema inmune se encuentra muy vulnerable, la temperatura corporal disminuye, sentimos debilidad muscular. Una persona en esos momentos no debe ser sometida a estrés, pero lo cierto es que, por lo mismo, las malas noticias llegan siempre de madrugada. Papá me dio la mala noticia entre las cuatro y las cinco, y dudo que él hubiera querido hacerme daño cuando mi organismo se hallaba en su estado más sensible, sino que simplemente estamos juntos de nuevo, pues tras el incidente de la hemorragia acordamos que me quedaré unos días con él. El cuerpo alcanza, a esas horas de la madrugada, una condición semejante a la de la anemia y es común que se depure, expulsando los desechos, en caso de que deba responder ante una emergencia. O sea, dan ganas de orinar o cagar.

Sin embargo, esa mañana sería diferente a todas las demás en las que él se alistaba para encontrarse con sus pacientes en el centro de salud, porque quedaría para la historia, nuestra historia, como el día en que compartió con su única hija la noticia de que su cuerpo le estaba haciendo una mala jugada. Un lance imposible de alcanzar con medicamentos comunes, que se recetaba él mismo, en dosis prescritas por una semana o dos, para atacar padecimientos tratables a partir de sus conocimientos como médico general.

El jugador más cruel de la contienda, el destino, le ha tendido una espeluznante prueba física y papá tendrá que entrar al certamen como el paciente, porque como doctor ahora las lleva de perder. Me lo dijo tras la puerta del baño mientras se duchaba, como si fuera cualquier cosa, y yo me quedé en silencio, hasta que él finalmente me preguntó si lo había oído y le contesté que *yes*. Así le dije, «yes», quién sabe por qué. Una nunca sabe cómo va a responder cuando le den una mala noticia y mi estilo dejaba mucho que desear verdaderamente. ¿Qué era eso de «yes»? Quizá quería que todo fuera una broma. Alguna vez leí que las verdades se sueltan de manera abrupta en la enfermedad y se dicen cosas que la salud ocultaría. También se me pasó por la cabeza que estaba en una pesadilla, pues yo sólo me había parado al baño y, de pronto, me enteré de que la persona que más amo en este mundo es asediada por una enfermedad que pone en peligro su existencia. El espanto tenía tintes de un sueño absurdo.

Me mareé y tuve que sentarme en lo primero que encontré a la mano, el borde de una pequeña cómoda en la recámara de papá, casi volteo el mueble con mi peso, uno que debió triplicarse porque se me había caído el mundo encima. Una piensa, insisto, que tendrá las palabras adecuadas para decirlas en momentos así; sin embargo, nos damos cuenta muy pronto de los límites del lenguaje y de cómo éste nos empuja a usar el cuerpo para sobrellevar la carencia léxica.

Papá abrió la puerta del baño. Iba a abrazarlo, pero si lo hacía me perdería la oportunidad de verlo entero, de carne y hueso. Llegaría un momento en el que tendría que conformarme sólo con su imagen unidimensional. Se hizo una grieta en la alfombra de la habitación, de un lado quedó él y del otro yo, señal de que la vida y su inexplicable agresividad acabarían separándonos. Se quitó los lentes para secarlos con un paño que estaba en el tocador, tenía la costumbre de meterse a bañar con los anteojos puestos para aprovechar el agua y limpiarlos. Mientras se pasaba por la cabeza una toalla para escurrirse el pelo, admiré el color de su piel láctea. Papá había enfermado y yo ahí sin poder hacer nada con todo y mis recién dieciocho años cumplidos. ¿No que muy adulta? ¿Acaso esto era madurar?

—¿Desayunamos? —hablé por fin. No es que tuviera hambre, pero fue lo primero que se me ocurrió. Mis palabras me estaban tomando por asalto.

Yo sabía que papá desayunaba antes de bañarse, a las cuatro de la mañana, pues un médico se para temprano porque las emergencias no respetan los horarios destinados al descanso. Cuando era residente en un hospital de Piedras Negras, más o menos a mi edad, aprendió que siempre debía estar preparado y con los sentidos en alerta porque atender a los pacientes bajo la bruma del sueño representaba un mayor peligro para ambos. Una madrugada, el médico de guardia de aquella clínica, donde papá hizo su servicio social, se quedó dormido unos minutos, pues las jornadas eran interminables, y cuando un hombre en medio de un ataque cardiaco irrumpió en urgencias, con el pulso a medio vivir, el galeno dudó unos segundos sobre lo que debía hacer. Para cuando supo, los signos vitales del paciente nunca más se volvieron a registrar: infarto fulminante al miocardio. Papá era joven entonces y de veras creyó que el paro cardiaco hubiera podido detenerse, y que ese colega suyo era culpable. De más grande descubrió que el hecho era complejo y que en esos casos sobreviven pocos, pues los pacientes llegan tarde al hospital, con los síntomas avanzados y a punto del colapso. Eso, sumado a que el cuerpo humano es propenso a sufrir entre las tres y las cuatro de la mañana, derivó en una tragedia que hubiera sido difícil evitar. Pero la costumbre de enfrentarse a los problemas lo más temprano posible nunca se le quitó a papá. Yo en cambio tuve la sensación de que me pasaría lo mismo que a ese hombre del paro cardiaco al escucharlo, que me iba a morir.

—¿Estás bien? —preguntó papá al verme hiperventilar.

Se me había atorado un pedazo de pan y no podía respirar, ni siquiera lograba toser. Me llevé las manos al cuello

61

y mis ojos se abrieron al máximo. Al ver que no iba a poder salir sola, papá se levantó de la silla y a mí también, me rodeó por la espalda con los dos brazos. Con una mano cerrada y con la otra recubriéndola, apoyó el puño con su dedo pulgar sobre mi abdomen. Me estaba ahogando en serio. Presionó con fuerza hacia el centro de mi estómago, justo encima del ombligo y debajo de las costillas, en medio. Una vez. Me faltaba el aire. Volvió a ejercer presión ahora hacia arriba. Yo parecía como si roncara despierta. Dos veces. La maniobra de Heimlich levanta el diafragma y obliga al aire a salir de los pulmones para crear una tos artificial. Esta tos mueve el aire a través de la tráquea, y de esta forma empuja y expulsa la obstrucción de las vías respiratorias y de la boca. A la tercera, escupí el pedazo de pan. No aprecias la vida hasta que sientes el vigor de la maniobra de Heimilch sobre la panza. Confirmé eso que creí de pequeña, al lado de papá yo no me iba a morir. Sólo que esta vez fue algo diferente, porque me di cuenta de que él, a mi lado, tal vez sí.

Papá había aceptado comer algo en mi compañía esa mañana porque estaba exactamente igual que yo. No tenía hambre, pues ya había desayunado antes, pero era lo mejor que podía hacer en ese momento, lo único que se le ocurrió. Estuvimos en silencio el resto de la comida hasta que terminamos y se levantó de la mesa para lavarse los dientes. En el baño rompió el mutismo, otra vez, como si gustara de hacer confidencias desde ahí:

—Hoy me jubilo.

Nos dimos un beso y se marchó, dejando una estela acuática en el ambiente. Nunca tuvo un perfume predilecto, papá se ponía las lociones que sus pacientes le regalaban en alguna fecha especial, casi siempre el Día del Médico, los 23 de octubre de cada año.

*

Le llaman hoja de evolución, un registro enfocado en el seguimiento de los pacientes, en el que éstos describen las mejorías o retrocesos que experimentan a lo largo de la medicación; anotaciones que sirven a su vez para valorar el estado psíquico de los enfermos. El doctor Traviesa le dijo a papá que debía llevar una bitácora así a partir de ese momento. El tratamiento químico comparte su grado de eficacia en un alto porcentaje con la condición emocional de los suministrados. Mientras menos deprimido se encuentra el paciente, mayores son las posibilidades de que los activos funcionen en el cuerpo. La escritura de la hoja de evolución es diaria y debe expresar cada detalle de forma cronológica. El relato ha de ser continuo, por lo que es necesario evitar en la medida de lo posible las interrupciones prolongadas. Es obligatorio asentar los resultados de los estudios o análisis de diagnóstico y régimen medicinal. Cabía la posibilidad de que el doctor Traviesa, de un momento a otro, sin que papá lo esperara, le pidiera su libreta con apuntes, en caso de que observara algún cambio drástico en el proceso, para rastrear el motivo y calcular la eficacia del tratamiento. La recomendación era que la cargara consigo para todos lados, pues nunca se sabía cuándo la podían revisar.

Había una razón más para que papá llevara una bitácora de su salud y estaba relacionada con el hecho de que escribir ayuda a poner en orden las ideas, comprender con más claridad lo que ocurre y evitar fantasías fatales sobre la condición actual. El texto como una placa de Petri, a través de la cual se refleja el alma en toda su integridad.

—A menudo ignoramos las tremendas guerras que nuestro cuerpo libra en soledad —dijo el doctor Traviesa, y a mí me pareció que estábamos tratando con un galeno poeta, creo que hasta me atrajo o por lo menos me pareció un hombre interesante.

El médico de papá enfatizó, golpeando suavemente con la pluma en el escritorio y delineando después con la punta un arco en el aire, que la escritura tiende puentes con la realidad. Beneficio que en esos momentos es necesario para la salud de papá. Cada vez que el médico nos decía algo más, yo me volvía hacia él para adivinar, a partir de sus gestos, cómo estaba tomando todo esto. A mí me parecía bien. Papá, en todas las ocasiones, asintió con una sonrisa a lo que le decían en el consultorio. Su comportamiento apuntaba a que sería un paciente ejemplar, de ésos que siguen al pie de la letra lo que los médicos recomiendan para su bienestar, un paciente como los que él siempre soñó tener en el centro de salud. Era su turno para demostrar que cuando se quiere se puede. Papá y su médico estrecharon las manos, sellando el acuerdo, y salimos todos del consultorio casi entusiasmados. El doctor Traviesa tomó hacia el lado contrario y nosotros nos encaminamos a la salida del hospital. Un tipo encantador.

En el trayecto, papá se despedía de todos con un hasta luego y seguía sonriendo, como si los conociera de antes. Nos subimos al coche y él azotó la portezuela, supuse que porque se sentía animado y definitivamente dispuesto para lo que venía. Activó el aire acondicionado al máximo, ensordeciéndonos al interior, y arrancó. A unas cuadras del hospital, apagó la ventilación y se mostró tal cual era, no como yo lo había idealizado:

—Que ni crea que me voy a poner escribir todos los días —papá metió segunda con algo de dificultad, como si le faltara firmeza al *clutch*. Parecía una persona diferente de la que había sido minutos antes.

No quise contradecirlo, después de todo, él también es médico y tal vez tenga sus razones, fundamentadas en la ciencia, para no querer escribir. Quizás eso le parece una medida poco relacionada con la sapiencia facultativa. Me quedé en silencio y él seguía fallando al intentar cambiar la velocidad. Había olvidado que papá conduce el carro guiado por su propio corazón.

—Querido diario, hoy te escribo desde la cama porque no me pude ni levantar… —papá decía esto, haciendo una voz aguda—. Querido diario, disculpa si te vomité encima. Qué asco. ¿Para eso quieren que escriba? ¡Quién querría leer algo así!

—Bueno, tal vez no sea tan mala idea —me sobrepuse a la situación, si no, los dos nos iríamos por ahí, sin darnos cuenta, con muchas dificultades para volver. También veía por mí, qué pena quedarle mal al doctor galán.

—¿En serio? ¿A ti te gustaría leer de náuseas y dolores, hija?

—Bueno, no es algo que se vaya a publicar para que todo el mundo lo lea. Es sólo una herramienta.

—Para eso mejor que me pregunten. Me van a tener a diario ahí.

Trato de comprender su negación. Quizá sea cierto que en su condición lo que menos tendrá papá son ganas de ponerse a escribir sobre lo que le está ocurriendo.

Yo me aferro a los poderes mágicos que le conferí a los libros en mi niñez. No quiero que papá muera, es falso eso que dicen los padres de que a cierta edad ya no los necesitamos, porque somos adultos y podemos valernos por nosotros mismos. Él y yo somos muy unidos. Estoy convencida de que un escrito como éste que decidí empezar hace unos días, cuando le diagnosticaron una enfermedad mortal, será poco útil para la ciencia médica, tal como él cree al respecto de las hojas de evolución, pero podría servir para mantenerlo a mi lado por más tiempo. Evité decir desde el principio lo que nos está pasando, me resulta difícil registrarlo. Al ser consciente del poder de las palabras, temo que se vuelvan realidad. Doy vueltas, abrevo de nuestros recuerdos, deposito el dolor en el pasado, como si con eso ahuyentara la muerte, pero la muerte y sus formas diferentes ha merodeado siempre mi vida, como puede verse, y aquí está otra vez, oscureciendo el presente. Pongo a prueba aquí la bibliomancia en la que siempre he creído. Lanzo el hechizo. Ésta es mi bitácora de los días del tratamiento de papá, con la esperanza de que un sortilegio lo cure. Al parecer el oficio, mi profesión, me tomó por asalto al final. O no, pero aquí vamos.

IV

La primera vez que sentí que perdía a papá fue cuando una patrulla nos detuvo en la calle. Íbamos de camino a la secundaria y nos pasamos un alto. Ni siquiera llevábamos prisa como para infringir la ley en pos de llegar más rápido. Salimos con el tiempo suficiente para estar puntuales porque papá detesta apresurarse. Se apega con disciplina a sus propias teorías sobre el funcionamiento del mundo e intenta darles a todas un fundamento científico, basándose en el comportamiento psíquico y en los conocimientos que tenga sobre la materia que sea. En este caso se valía de la física para argumentar su tesis sobre la puntualidad.

Sostenía que los cuerpos tienden a experimentar aceleraciones espontáneas cuando se encuentran bajo presión; aumentos de velocidad desfavorables para conducirse por la vida, porque provocan desequilibrios que redundan en accidentes. Papá cree que hacer las cosas rápido en un momento de estrés produce malos resultados siempre. Por eso, mientras menos apremio mejor. Para explicarse más detalladamente porque es hombre de pocas palabras, construyó la maqueta de un bosque hecha de plastilina, con un triángulo escaleno como la montaña, que usaba para ilustrar su teoría.

Esa mañana en que sentí que lo perdía para siempre, le había inquirido por qué había elegido ese ecosistema para la comprobación de su teoría sobre la puntualidad. Que si conocía las montañas, porque yo nunca las había visto en persona, tal como me pasaba con la playa. Las conocía sólo en nuestras lecturas a través de la imaginación. Hice la pregunta en un alto del semáforo, y cuando papá metió primera para reiniciar la marcha en verde, el coche se jaloneó y se paró en seco. Siempre que le pasa algo así, él suele decir: «Primera lección», haciendo alusión a que poner en movimiento un auto es lo primero que aprende un conductor y que a todo conductor experimentado también se le pasa a veces. Los pitazos de los demás coches hacia nosotros aturdieron a los peatones en las banquetas, quienes se volvían a mirar la escena con molestia, y al descubrir que no era nada de gravedad, regresaban a lo que estuvieran haciendo antes del incidente. Papá manifiesta sus emociones mientras conduce su coche: acertar o equivocarse en un cambio de velocidad depende de su estado de ánimo.

Era importante que la subida de la montaña en su maqueta tuviera una ligera inclinación, pero tampoco tan pronunciada porque el alpinista realizaba el ascenso hacia la cima a pie, y sólo contaba con su cuerpo para resistirse a la fuerza de gravedad. Si la altura del monte con respecto al suelo era de 90 grados, el ascenso iba a ser prácticamente imposible, dada la gran intensidad de esa atracción física que lo tiraría todo el tiempo hacia abajo. El escalador era representado por una bolita color carne y la montaña estaba hecha de una mezcla de plastilina gris con blanca, porque, para papá, ahí siempre estaba nevado, en cualquier estación del año.

El dispositivo funcionaba de la siguiente manera. El alpinista subía impulsado por un diminuto sistema de poleas que papá había diseñado con mis ligas y pasadores para el pelo, a los cuales se adhería la esfera dúctil de plastilina. A continuación se presentaban tres posibles escenarios: uno en el que la persona sube la loma con prisa, otro en el que la sube tranquila, y uno más en el que inicia apurada pero en el camino reflexiona un poco y toma la decisión de caminar más lento. Esta última opción era la más socorrida por papá, quien valoraba el poder de la reflexión como un factor de cambio en la humanidad. Consideraba que aficionarse a una postura nublaba la vista; ponderaba la evaluación de las posibilidades a la hora de dar el fallo. Cuando papá hacía la demostración de ascender a las prisas, la bolita humana de plastilina se descarrilaba apenas iniciaba. «Disfruta el camino, si no el ascenso se vuelve un deber que agota a la primera», me aleccionó a partir del primer caso. Cuando subía con calma, también terminaba cayendo, justo a la mitad, cuando el alpinista, lleno de seguridad por haberlo logrado hasta ese momento, se confiaba, tambaleaba unos segundos, y se iba para abajo. En este caso, decía papá, la caída era aún más terrible porque la altura era mayor. «Sé previsora»: la enseñanza en este nivel. Había que detenerse a mirar la montaña, apreciar su majestuosidad y calcular los pasos hacia la cima. «Deberás aprender otras habilidades. Hay que tomarse el tiempo para desarrollarlas.» En la demostración del tercer escenario, papá siempre se emocionaba, yo supuse que porque con éste explicaba mejor su postura a favor de la tranquilidad, pero cada vez que lo ejecutaba parecía como si reviviera algo en su interior. Y de alguna manera así pasaba, según pude enterarme esa mañana que nos detuvo la patrulla y que yo temí perderlo para siempre.

Tras mi pregunta acerca del escenario de la maqueta que, a juzgar por su descontrol al volante, removió en papá algunos sentimientos, él logró encender de nuevo el motor y reiniciamos nuestro viaje hacia la escuela. Había elegido él ese ecosistema para su demostración, una mezcla rara de bosque y tundra con montaña, como un homenaje.

—Hay momentos en la vida que te cambian —comenzó su historia y disminuyó visiblemente la velocidad, como si los recuerdos se fueran desplegando en su memoria lentamente.

Damián, el único hermano de papá a quien nunca conocí, había muerto mientras subía un volcán cuando él era niño. Nunca obtuvo licencia de alpinista profesional, pero se preparó tanto que en cualquier momento la habría recibido sin problemas. Sin embargo, decía que era innecesario un papel que avalara sus conocimientos sobre montañas y en sus ratos libres escalaba por placer. Papá lo acompañó en alguno de sus viajes por los llanos, mas Damián nunca lo llevó a la sierra. Era como si su hermano se guardara para él solo la sublimidad de ese paisaje. Eso sí, le enseñaba fotografías y con eso le bastaba a papá para fantasear, trazando el camino posible que le permitiera alcanzar a su hermano mayor algún día en las alturas. Conoció la nieve en las fotos y se le hizo que estaba demasiado sucia, menos blanca que en las películas.

—Nunca recuperamos el cuerpo —dijo papá.

Sin la menor intención de hacerlo, pero inducido por la emoción que lo embargaba en ese momento, papá se pasó el alto del semáforo y ya teníamos encima a la bola de coches de la otra calle pitando sobre nosotros. Si él hubiera querido infringir el reglamento de tránsito lo habría podido hacer veloz sin que nadie lo notara, pero se encontraba en ese estado intermedio entre la vigilia y el sueño en el que nos sumerge el recuerdo, y la lentitud de sus movimientos nos metió en problemas y todos se dieron cuenta, otra vez, de lo que habíamos hecho. Al parecer éramos expertos en hacer notar nuestros errores a la gente, en ser señalados. Al estruendo de cláxones siguió el ulular de la sirena de la policía, que alineaba su patrulla a nuestro coche, indicándole con eso a papá que debía orillarse. Lo jalé de la chamarra para que no se bajara porque estaba segura de que esos hombres se lo llevarían de mi lado y él era libre de culpa alguna.

«Mi papá es inocente», le dije a una señora que se acercó a ver qué me pasaba. Ella me impidió salirme por la ventana del auto a perseguir a papá, quien, por lo demás, ni siquiera se encontraba tan lejos, sino a unos metros apenas y se volvía de pronto para consolarme con la mirada. Un policía escribía en una libreta, mientras papá movía los brazos, explicando algo que yo no alcanzaba a escuchar, y el otro rodeaba nuestro coche, como toro acechando en el ruedo, listo para atacar. Estaba segura de que le harían algo malo y cada vez que lo volvía a pensar gritaba, de nuevo, que papá era inocente, que no merecía más sufrimiento que aquél que sintió por la muerte de su hermano mayor a una tierna edad. Ahora yo estaba consciente del vacío que dejaba en uno el fallecimiento de un ser querido. Como me pasó con mamá. Papá y yo compartíamos los mismos dolores de niños.

La mujer me tocaba la cabeza cada tanto sin decirme nada, por momentos deslizaba la mano por mi pelo como una caricia. Un drogadicto me había quitado una madre y ahora un par de toros se comerían a mi padre. Vislumbré mi destino en la total orfandad o con esta señora como mi nueva mamá. Me hundí en la tragedia. Cuando papá se aproximaba de nuevo al coche, me sequé rápido la cara para evitar que notara que había llorado, como si no se hubiera dado cuenta antes con los gritos que pegué. Nunca más volví a retomar el tema de su hermano, que era un tema de adultos, algo muy serio para alguien de mi edad; papá tampoco lo hizo. Nos fuimos en silencio lo que quedaba de camino; yo me quedé pensando en que a mamá le había pasado lo mismo que a Damián, había desaparecido su cuerpo.

*

—Mañana saldremos de aquí a las seis en punto, por favor —dijo papá con firmeza.

La primera sesión de su tratamiento sería a las ocho de la mañana y el guapísimo doctor Traviesa recomendó que asistiera acompañado porque los pacientes salen a menudo algo desorientados, por tratarse de la cita inicial. Yo iré con papá el resto de sus consultas, y aunque al momento pensé que dos horas antes era demasiado tiempo, casi al instante comprendí el sentido de su petición. Está nervioso por lo que le está pasando, todo es nuevo. Iba a tener que trazar una nueva ruta en el camino. Papá nunca se ha movilizado grandes distancias hacia un lugar. Su vida hasta ahora la pasó en las mismas cuadras a la redonda de la casa, donde prácticamente encuentra todo lo necesario. Tiene sus lugares de confianza: la clínica donde trabajaba, una tienda de abarrotes, un banco, la peluquería, un tianguis, la farmacia y un supermercado. Se traslada a pie hacia cualquier sitio y cuando debe usar el coche procura salir con tiempo de sobra por aquella afición suya de llegar antes a todo.

Sonó el timbre y dimos un brinco. No estamos acostumbrados a recibir a nadie. Ni siquiera en estos tiempos en los que la gente suele visitar a sus seres queridos enfermos para llevarles flores o algún flan. Me asomé por la mirilla, era una señora canosa. Que yo supiera, lo que menos quería papá ahora era fortalecer los lazos con sus conocidos. Pero teníamos visitas y al parecer papá sabía de lo que se trataba porque ni siquiera me preguntó quién era. Timbraron otra vez. Volví a mirar por el agujero de la puerta y ahí seguía esa mujer. Me chocó su insistencia, pero tampoco comprendía a papá que permanecía inmóvil en el sillón, como petrificado. Algo me empujó a ver de nuevo a la visitante y nuestra mirada, la mía y la de ella, coincidió a través del ojillo. Ese hecho removió en mí los recuerdos. Éramos parecidas. Supuse que así me vería de grande. Me alejé de la mirilla. Su rostro me llevó a un tiempo lejano, casi un atavismo. Como si hubiera visto a un muerto.

—¿Qué hace ella aquí, papá? —susurré asustada—. ¡Esto no es real! ¡Ella está muerta! ¡No podría estar aquí! —me regresé de puntitas al sillón donde estaba papá, ya de pie, para que el fantasma de mi madre no se diera cuenta de que estábamos ahí, al otro lado de la puerta.

—Abre, por favor, Abigaíl —intentó regresarme, pero me zafé.

—¡No!, ¡no!, ¡no! ¡Esto no puede estar ocurriendo! Es ella, claro que es ella —me arrinconé, hablando bajito conmigo misma—. Tú no sabías de esto, papá, ¿verdad? ¡Dime que tú tampoco tenías idea, por favor! —le rogué, para que pudiera emocionarme con la visita. De otro modo eso quería decir que me habían engañado los dos.

Sonó el timbre una vez más como un zumbido molesto.

—Era importante que lo supieras… —hablaba papá, tropezando.

—Pues hubiera preferido no saberlo.

—¡Abre la puerta, por favor! —me ordenó papá, sólo que yo no iba a obedecerle.

No podía creer que me estuvieran haciendo eso. Entendía que los moribundos desarrollan deseos alocados e incontrolables con tal de ganarle tiempo a su destino, pero la mujer convocada no debió haber cedido, sabiendo cuál era la condición de papá. Porque era obvio que ya se había enterado. Resultó que todos en este mundo tenían noticia de lo que pasaba en mi vida, menos yo misma. Estaba viva, mamá estaba viva y en ese momento llamaba a nuestra puerta. Pese a que la estaba viendo por la mirilla, a que era real, a que no había muerto, yo creí que si le abría paso, el que moriría sería papá. Para mí, mamá se había ido como la flor que se marchita y así ya estaba bien. Tuve la sensación de que ella volvía para arrebatarme a la única persona que me quedaba aquí, en el mundo de los vivos. Nos estaba visitando la muerte en persona.

—No es justo, papá. Ella no tiene derecho de vernos ahora.

—Pero entonces ¿cuándo?

—¡Nunca, papá! Ella está muerta. No sé qué hace aquí. Esto no es real. Esto no está pasando. ¡No puede ser! ¡Me mentiste! —me quebré en llanto.

—A mí me hubiera gustado volver a ver a Damián después de su muerte, pensé que tú también…

—¿Estás demente? Tu hermano tuvo un accidente. Ella se fue de nosotros voluntariamente, por lo que veo. ¿Por qué no me lo dijiste, papá? ¡Por qué nunca me lo dijiste! ¡Qué mentiroso! —gemí.

—Era mejor eso a que se te fuera la vida, esperando volver a verla.

—No necesitamos nada de esto ahora, de veras.

—¿Quién te va a cuidar cuando yo ya no esté, Abigaíl? —justificó papá en un grito su decisión de buscarla.

Se dirigió hacia la puerta; estaba decidido a abrirle a esa mujer. Me puse delante de él y lo empujé hacia atrás. Jamás había tocado con esa fuerza a mi padre, pero es que él no podía ceder a eso. Sonó el timbre una vez más.

—Si insiste, voy a tener que llamar a la policía —casi le mostré a papá los dientes.

—¡Te ordeno que abras esa puerta, Abigaíl! —me empujó.

—¿Por qué?

—Porque soy tu padre —caminó nuevamente hacia la puerta. Estaba a punto de abrirle.

Entonces se lo tuve que decir:

—Si yo abro esa puerta, tú te vas a morir —lancé la afirmación convencida de que esa señora era la encarnación de la muerte.

Como si la enfermedad hubiera llegado a la vida de mi padre para hacerlo derramar las lágrimas que se guardó y se cristalizaron en su interior, lo vi llorar por primera vez en toda nuestra historia juntos. Eran pocas gotas, pero parecían esferas de lo llenas que estaban de agua y proteínas. El timbre sonó dos veces más y se calló para siempre. Espantamos a la muerte.

*

Papá nunca intentó cultivarme de chica en ninguna bella disciplina que enaltece el espíritu. El auge de la estimulación temprana en el país ocurrió una década después de que yo naciera, tarde como para que lograra atender al conjunto de actividades sensoriales y físicas con las que se instruye a los bebés en el desarrollo de la conciencia de su propio cuerpo y mente, con la finalidad de facilitar su integración al mundo, sobre todo si consideramos que el momento apropiado para iniciarse en ello corresponde con los diez días de nacido. Como niña de la generación previa al apogeo de este tipo de enseñanzas, según avisaban los anuncios en la televisión sobre las nuevas escuelas donde se impartían sus métodos, me convertiría en una adulta tímida, inhibida y con escasos horizontes mentales. Sobreviviría, pero ni pensar en dominar dos o más idiomas, desarrollar una sensibilidad hacia las artes, adquirir habilidad corporal, tener autoestima ni seguridad en mí misma. En pocas palabras, mi destino era ser una perdedora. Al menos así lo daban a entender con una triste muñequita llorona.

El librero de la casa estaba atiborrado de libros —entre plantas y bibelots campiranos de porcelana y mimbre— y el periódico del día aparecía sobre la mesa todas las mañanas. El hábito de la lectura había sido muy apreciado durante una época en nuestra familia, pero desde que papá dejó de leerme por las noches, no recuerdo que de adolescente me dijera que debía practicarlo además de lo que leía en la escuela. Nos recitábamos, eso sí, uno al otro en voz alta, en un nuevo ritual, las noticias de *El Universal*. Papá revisaba la página de los anuncios, el aviso oportuno, y yo, la nota roja. Que si los precios de las casas se habían incrementado en poco tiempo —tal vez, papá siempre soñó con una que sustituyera nuestro pequeño departamento—, lanzaba él en un gritillo con la cantidad actual y el porcentaje del aumento que calculaba al instante, porque siempre había sido hábil para las cuentas. Yo hacía «uh» y seguía leyendo lo mío, hasta que de pronto irrumpía con un «¡fue el vecino!», que prologaba lo que le compartiría a papá a continuación: un crimen del cual ya había descubierto al culpable, porque para mí los victimarios siempre conocen muy bien a sus víctimas. Son familiares o amigos en casi todos los casos. Mientras yo daba lectura a la nota del homicidio, también iba de un lado a otro de la sala, bailando algo parecido a la polka sin saber que los movimientos de mi cuerpo fueran idénticos a los del ritmo checo. Acaso mi aproximación más cercana a otra de las bellas artes, la danza.

Había un piano en casa que nunca fue nuestro, pero siempre creí que sí porque estaba en mi cuarto, hasta que un día lo sacaron por la ventana pues no cabía por la puerta y se lo llevaron. Aunque nadie me lo había dado, como lo vi en el mismo lugar todo el tiempo asumí que era mío y que podía tocarlo, de vez en cuando pasaba los dedos sobre las teclas. Inventaba mis propias tonadillas hechas de repetición y de imitar el sonsonete de papá al intentar silbar alguna canción, porque chiflar lo que se dice chiflar pues no. También me apropié temporalmente de los cuadernos guardados en el asiento de tapa plegable que, cuando crecí, supe que eran partituras. Me hubiera gustado quedármelas, pero esa mañana en que se llevaron el instrumento musical de la casa, me quedé pensando en el misterio y olvidé sacarlas de ahí. Cómo es que había entrado ese piano al cuarto si ahora ya no cabía por la puerta para salir. Supuse que había crecido, como nos pasa a los humanos.

En casa sólo había tres cuadros. Estaban hechos al pastel y eran de los géneros pictóricos tradicionales: bodegón, desnudo y retrato. Papá hizo dos y el autor del otro era desconocido, pues lo había adquirido en el supermercado con fines meramente decorativos, antes de que él descubriera su facilidad para dibujar con las barritas de pigmento y goma de tragacanto. Los que pintó estaban inspirados en unas postales de intercambio con Pierre, su amigo europeo, al que sólo conocía por carta. Papá le mandaba fotografías del Ángel de la Independencia y la glorieta de Colón y él, reproducciones de un cuadro de Cézanne y de Vermeer. Las paredes de nuestra casa lucían dos piezas emblemáticas en la historia del arte sin que nosotros conociéramos realmente su importancia: *La joven de la perla*, una muchacha con turbante de seda y una joya brillante en la oreja, que parece responder al llamado del espectador, y *Cesto de manzanas*, una naturaleza muerta en la que las frutas han saltado de la canasta para juguetear en la mesa. Papá copió ambos lienzos en pastel —una técnica seca que no necesita disolventes ni pincel—, les puso un marco de latón y los colgó encontrados, uno frente al otro, en la sala.

El silencio forzoso en el que debíamos permanecer adentro del museo mis compañeras y yo durante el recorrido me permitió concentrarme en las posibles razones por las cuales esa mañana era el primer sábado en el que, en lugar de haber ido al tianguis con papá, me encontraba frente a la exposición de un famoso pintor del surrealismo. Sentí que me había tardado mucho en conocer un museo. Seguía emocionada porque había logrado irme sola con ellas en el metro hasta ahí. En realidad, papá y yo habíamos hecho un acuerdo, porque eso era lo que siempre ponderaba él, por encima de ejercer la brutalidad de la autoridad unilateral. Si aceptaba eso, entonces yo debía consentir que me recogiera a la salida. Eso era justicia. Para calcular más o menos el tiempo, le marqué antes de entrar a ver la muestra, consideramos que podría pasar por mí en unas dos horas y media.

—¡Ay, sí, mi novio, mi novio! —dijo una de mis compañeras, la más hablantina y la más grande de todas, al verme agarrar el auricular del teléfono público para hablar con papá.

Era la segunda vez que esa niña repetía año, así que por lo menos tenía unos catorce o quince, aunque parecía mayor porque ya usaba brasier. A ninguna de las tres la consideraba mi amiga, aunque me hubiera gustado, pero era tímida y me costaba trabajo ir más lejos de la escuela con ellas. Al parecer la falta de estimulación temprana había tenido efectos sobre mí. Con esta salida intentaba cambiar nuestra relación; quería que dejaran de considerarme la ñoña del lugar. De modo que cuando nuestra compañera mayor se burló de que yo le marcaría por teléfono a mi supuesto novio, sólo me reí. Quizá pensaran que era una adelantada. Era obvio que cuando vieran a papá llegar por mí, nos atacaríamos de la risa con la broma que les jugué. Dejé que mientras hablaba con él se deshicieran en gritritos que hacían alusión a mi presunta audacia con los hombres, que a esa edad obviamente era nula, y tampoco ha mejorado mucho al paso del tiempo, la verdad.

Supuse que el chiste de las exposiciones de pintura era sentirse acosado por los guardias de seguridad que se te quedan viendo como si te fueras a robar algo; había policías en cada sala, se pasaban la bolita entre ellos, cada vez que te acercabas más de la cuenta a los cuadros. Me chocaba un poco que estuvieran sobre mí, también que la información presentada se centrara en un solo señor de bigotes chistosos, cuyo único atractivo eran precisamente esos pelos arriba de su boca. A mí qué me importaba la vida de alguien que nunca iba a conocer porque ya estaba muerto. Me interesaba más saber acerca de sus obras de arte, qué las había inspirado, cuál era la historia detrás de ellas. Como si hubiera sido un deseo cumplido al instante, quedé frente a una pintura que llamó mi atención porque parecía haber sido realizada por el tal Dalí ese, como un ejercicio de los que ponían en taller de dibujo técnico, para practicar punto de fuga, perspectiva y profundidad.

Era el retrato de una mujer hecho con puros circulitos, en tonos azul y amarillo. Leí en la ficha técnica el nombre de la pieza: *Galatea de las esferas*. Me pregunté quién era ella y, una vez más, como me venía ocurriendo ese día, una señora le dijo a su acompañante, a mi lado, resolviendo mi duda:

—Mira, la Gala. Sí sabías, ¿no? —la mujer se tapó la boca, como si una revelación tremenda se le fuera a escapar por ahí.

—¿Que se llama Gala? Sí —respondió la que venía con ella.

—No, no. El chisme.

Eso me interesaba: la historia detrás de la obra. Contemplé la pintura un rato, como si quisiera extraerle algún secreto, pero lo que en realidad necesitaba era enterarme de lo que decían esas conocedoras acerca de Gala.

—Que ella y su hermano se enamoraron. Fueron pareja.

Al escuchar eso me quedé de a seis; hasta donde yo sabía estaba prohibido hacerlo entre los integrantes de una misma familia. Qué escándalo. Con razón se le habían enrollado los bigotes a Dalí. Me alejé cuanto antes de esa dupla del mal, porque a diferencia de mi reacción de desagradable sorpresa, ellas dos se habían echado a reír como si fuera muy gracioso. Qué raras personas. Me fue imposible volverme a concentrar en lo que veía, así que alcancé a mis compañeras, quienes me habían aventajado bastante en el recorrido pues sólo copiaban las cédulas sin detenerse a mirar. Las envidié un poco, a veces es mejor desconocer algunas cosas. Me fui callada el resto de las salas, hasta se me olvidaron los vigilantes, estaba angustiada porque ahora cómo iba a hacer el reporte que habían dejado en la escuela, aunque quizá más sacada de onda por eso de los vínculos raros entre parientes.

A la salida del museo, ya estaba papá. Pero como me quedé unos momentos con las compañeras porque se me ocurrió que podía sacarles copias a sus notas de la exposición para hacer la tarea, él me gritó por mi nombre y levantó la mano en un saludo, por si no lo había visto. Los alaridos de mis amigas, como los del principio, se hicieron escuchar. Me reí de nervios, lo que pensé que sería gracioso ya no me lo parecía del todo.

—Ahí te habla tu galán, chiquita —dijo la misma niña que nos llevaba ventaja en otras cosas además de la edad, al tiempo que las otras cuchicheaban entre ellas que papá estaba muy guapo.

Me fui enojada de su lado. Al parecer, eran igualitas a las tipas de allá adentro del museo y les parecía de lo más normal que Gala y su hermano se hubieran enamorado.

*

Papá prefiere evitar la tentación de orinar o defecar en la calle porque no sabe aguantarse. Nunca sale de casa sin evacuar antes. Pero a veces su cuerpo traicionero le avisa afuera de tal urgencia y ahí anda corriendo por todos lados, en busca de un sanitario y no siempre es sencillo ubicar alguno. Con el tiempo se ha ido haciendo de sus escusados de confianza. De camino al hospital a su primera sesión, papá miraba esta mañana hacia ambos lados de la calle, como buscando su baño propio en la nueva ruta.

—¿Estás bien? —le pregunté en un alto.

—Sí —respondió con la mirada fija en el retrovisor.

Avanzamos algunos metros más en silencio, íbamos confundidos por la visita inesperada de mamá, y entonces habló:

—Siempre tengo la sensación de que el coche de atrás me va a pegar.

—¿Cuál coche? —miré por el otro espejo.

—El que sea.

—¿Cómo?

—El conductor de atrás se distrae antes de frenar en el alto y se estrella contra mí.

—¿Por eso miras atrás cada vez que te detienes?

—Pues sí, supongo.

—Pero ése es un miedo infundado, papi.

—Como casi todos los miedos y no está mal, hija. Nos han permitido sobrevivir.

Comenzó a silbar, bueno, en realidad sólo lanzaba aire por sus labios hechos taquito pero sin lograr dar forma al chiflido, sus emisiones eran suaves fumarolas sin fuego, cebadas. Hace eso cuando se pone nervioso. El tránsito estaba detenido. Entonces apagó el motor y, casi como si eso hubiera encendido nuevamente la marcha sobre el pavimento, los demás coches comenzaron a avanzar fluidamente.

—Enciende eso, papá, ¿qué haces?

—Suelo hacerlo cuando hay mucho tráfico, como ahora...

—Pero ya están avanzando. ¡Arranca!

—... para ahorrar gasolina.

Apenas se despejó un poco la avenida, ya teníamos a un hombre en la ventanilla, haciendo la seña de que le bajáramos al vidrio. Nuestro coche y el de ese señor que seguía haciendo ademanes afuera eran los únicos parados en la calle. Papá se hacía el que no veía al conductor molesto y seguía hablándome de los beneficios de apagar el motor en los embotellamientos. Busqué en mi memoria si alguna vez lo había visto pelear con alguien y no, él nunca se había agarrado a golpes con nadie antes enfrente de mí. Me tranquilicé un poco, porque si todo seguía como hasta ahora, papá seguiría ignorando a aquel pobre hombre, quien, a su vez, terminaría cansándose, volvería a su auto y saldría de ahí, esquivándonos. Entonces oímos el tamborileo de sus dedos sobre la ventanilla, al parecer nuestro desesperado conductor era bastante aferrado también. Ambos nos volvimos hacia él y éste señaló su reloj con los ojos bien abiertos. Papá abrió la portezuela y descendió del coche, quise jalarlo de la chamarra pero se me escabulló.

—Conque quieres saber la hora, ¿eh? —papá increpó al hombre, quien, al ver que se trataba de una persona mayor la que le gritaba, se envalentonó.

—No, viejo pendejo, quiero que quites tu carcacha de aquí, porque no me dejas pasar.

Me sorprendió la rapidez con la que los hombres usan su cuerpo para defenderse en una situación que los pone en peligro. Porque cuando escuché a papá hacer su pregunta tonta me bajé del coche y apenas pude darle la vuelta para alcanzarlo cuando el hombre ya lo retenía entre sus brazos, cual si fuera un niño berrinchudo, soltando puñetazos al aire. Por fortuna la situación para nada comprometía la integridad de ninguno. El grandulón resultó ser un caballero que al ver la fragilidad de un hombre como mi padre, prefirió contenerlo en lo que yo llegaba por él, en lugar de responder a sus indefensos *jabs*. Papá se rindió al verme, zafándose de su contrincante de chocolate, juntó las manos en señal de súplica y se acercó más tranquilo de nuevo al recién agredido.

—Discúlpeme, joven.

Por la cara que puso aquel hombre supimos que no entendió nada de lo que había ocurrido. Tampoco papá y yo lo sabíamos. En eso, él se dio un golpe en la frente y recordó que debía prepararse para la sesión, porque el proceso previo lleva tiempo. Dejamos el coche estacionado cerca de ahí y abordamos un taxi; yo no sé manejar y él debía beberse dos litros de agua de un jalón. Como si entre uno y otro trago se escurriera el poco tiempo que teníamos para llegar al hospital, papá pegó la boca a la botella de agua. Llegó a derramársele un poco incluso, cuando el taxi frenó abruptamente y él estaba abocado en beber y beber. El líquido le brincaba a las narices; se lo quitaba dándose palmaditas con los dedos. Permanecimos en silencio hasta que se terminó toda el agua, el agua que como entraba saldría en menos tiempo del que le había tomado acabársela toda.

Durante un mes, el agua se convertirá para él en un mero requisito, perderá sus propiedades hidratantes en su organismo. Qué puede refrescar si el líquido vital sólo pasa de largo por sus intestinos. Qué puede lubricar si de ahí llega a la sangre y se sigue a los espacios intersticiales de sus células.

Sus células que apenas tendrán tiempo para absorber los electrolitos indispensables en el funcionamiento y el desecho metabólico en orina.

La enfermera lo esperaba ya en la entrada del hospital, del doctor Traviesa ni sus luces, qué pena. Caminamos los tres hacia adentro, donde papá debía posarse a los pies de una máquina alienígena. Qué pensará él durante los minutos que debe aguantarse para evitar sucumbir a la necesidad de relajar los músculos, permitiendo al fluido amarillo salir por el orificio diminuto del pene, que de tan pequeño se convierte en una trampa de presión. Había bebido tanta agua que cuando entró del brazo de la enfermera al cuarto de máquinas extraterrestres, lo hizo apretando los músculos de la pelvis para evitar cualquier fuga, su andar era el de un niño que está a punto de hacerse pero se aguanta. En bata de paciente, comenzó a experimentar las punzadas que habían iniciado a la altura del abdomen como buriles a lo largo de su miembro. Qué tristeza. Era ese momento en el que no había vuelta atrás. Si los técnicos se demoraban más en programar los rayos curativos, papá terminaría haciéndose del baño frente a todos.

La sala de espera tiene artefactos que deja el personal del hospital en las mesas para que los pacientes y sus familias pasen un buen rato, como una forma de olvidar por qué se encuentran ahí sentados. Hay un jardín japonés miniatura para relajarse, cuyo funcionamiento consiste en jalar de un lado a otro arena con un trinche pequeño, como terapia. Un objeto común. Hubo otro que llamó más mi atención. Un depósito pequeño de plástico lleno de agua, con una hilera de palitos dispuestos en vertical en los que uno debe meter los aros que se hallan flotando. Hay que apretar un botón azul suave que exhala aire al interior del recipiente en forma de burbujas que impulsan los aros hacia el blanco. Soy buenísima. En menos de un minuto pude introducir todos en sus respectivas posaderas. Seguí haciéndolo las veces que fueron necesarias mientras esperaba a que saliera papá. Entonces apareció por ahí encorvado. Sólo yo pude verlo porque estaba al pendiente, pues además se escabulló casi de puntitas al baño. Después de un rato me percaté de que ya había ensartado los aros del juguete más veces que en la primera ocasión. Papá estaba tardándose demasiado en los sanitarios, pero supuse que así se demoraban los enfermos como él. La enfermera venía a la sala de juegos por un paciente y otro más, se los llevaba a la terapia, y salía a despedirlos. Después de varios minutos, la única que quedaba ahí era yo.

—¿Todo bien con su papi? —me preguntó la enfermera, acercándose. Adivinó el parentesco que me unía a papá, no como otras personas en tiempo pasado.

Hasta ese momento comencé realmente a preocuparme.

—¿No le quiere preguntar? —insistió ante mi silencio, con lo que me hizo concluir que tardarse en el baño era una conducta anormal hasta entre los enfermos como papá.

Me paré del sillón por el temor que me inspiró la pregunta: tenía miedo de que le hubiera ocurrido algo. A punto de empujar la puerta del baño de hombres me detuve una vez más; qué tal que había alguno por ahí con los pantalones abajo.

—No se preocupe, son cabinas —dijo la enfermera al ver mi disyuntiva de abrir o no.

Ignoré a qué se refería con que fueran cabinas y me armé de valor. Empujé la puerta, pero mis esfuerzos fueron insuficientes; estaba algo pesada. Volví a intentarlo ahora con mayor fuerza y, conteniendo el peso que amenazaba con vencerme en cualquier momento, hice la pregunta:

—¿Todo bien, pa?

Su silencio me devolvió a hace unos días cuando lo encontré ensangrentado en el baño. Como esa vez, tuve que acercarme a la escena y al hacerlo percibí otro hedor, distinto al de la sangre como monedas; existen ciertos efluvios para los cuales el sentido del olfato jamás estará preparado por más que sean distintivos de algo, como en este caso de los sanitarios. Me hice para atrás, casi asustada. Al identificar la naturaleza del estímulo en mi nariz quise echarme a correr de ahí, porque si bien era conocido también era un poco exagerado y penetrante, pero entonces escuché un lamento. Era de papá. Atravesé el umbral prohibido para mi sexo y caminé hacia el módulo que despedía ese tufo. Volví a llamarlo y él abrió la puerta del baño. Ahí estaba la taza impecable, y papá, de pie, sobre un charco de heces y orina.

—No se lo digas a nadie, por favor —imploró.

—No pasa nada, pa —le dije—. Ahora mismo lo arreglamos. En un tiempo estaremos mejor.

V

A papá sólo le conocí una mujer además de mamá; se llamaba Minolta, como la cámara fotográfica. Tenía la piel blanca y los ojos negros. Una cabeza pequeña con respecto a su cuerpo alargado, era más alta que nosotros dos. Nos veíamos diminutos al caminar junto a ella, se me figuraba que la gente nos veía a papá y a mí en la calle como los pequeñísimos domadores de una jirafa galáctica. Su altura imposible remataba con una bola de pelo de abundante chino como nube o polvo cósmico del espacio exterior. La mayoría de las veces me pareció que era sólida su cabellera, pero hubo ocasiones en que creí que era de puro estado gaseoso.

—¿Te cayó bien? —me preguntó papá la segunda o tercera vez que la llevó a casa.

Habíamos pasado una tarde agradable los tres, jugando la versión proletaria-bilingüe del famoso Scrabble. Las fichas eran las letras de pasta chiquitas de la sopa instantánea en bolsa y que, a falta de un tablero de juego de mesa, improvisamos para pasar ese día juntos. Debíamos componer palabras, en forma horizontal o vertical, a partir de una determinada cantidad de letras que nos tocaban por turnos, usando las que ya estuvieran dispuestas sobre la mesa. Los puntajes los fijábamos al momento, según el grado de dificultad que nos representara su uso, el cual por cierto variaba también entre nosotros. Minolta asignó un valor menor a la letra «w», por ejemplo, en comparación con la «e», la cual se le complicaba más incluir en su formación. Papá y yo lo hicimos a la inversa. Ella tenía al inglés como su lengua materna. Era de esperarse que ganara la partida, pues, además de que usaba bien el español, el paquete de sopa era importado de Estados Unidos y las letras más numerosas eran las últimas cuatro del abecedario, con las cuales se podían formar apenas unas cuantas palabras en nuestro idioma como «wolframio», «xilófono», «yunta» y «zapato». Y no se valía repetir.

Cuando papá me preguntó qué tal me había parecido Minolta, él hubiera esperado que le respondiera algo así como: «Me cayó muy bien. Es divertida. Siento que podría relacionarme con ella. Pasar días enteros a su lado. Una fotógrafa en la familia —se había pasado la tarde lanzando flashes con una pequeña cámara dorada, seguramente extranjera— puede aumentar nuestros ingresos y mejorar nuestra salud emocional».

Pero lo único que pude emitir fue algo más parecido a un gruñido. Mi coraje no tenía nada que ver con ella en sí, sino con esa manera tan salvaje y definitiva que tuvo de ganarnos en el Scrabble, y con que yo era una adolescente insoportable con barros en la cara que azotaba para todo las puertas. Tampoco tenía mucho vocabulario, por supuesto. Tal vez también sintiera un poco de celos. Pero en el fondo me parecía chistosa y papá quizás entendió que no me caía bien. Minolta se esfumó a los pocos meses y no la volvimos a ver. Al parecer toda la gente que nos conocía, a papá y a mí, terminaba abandonándonos, como si nada. Por un tiempo creí que yo había tenido la culpa.

*

Antes de entrar a la sesión, papá ingiere litro y medio de agua de un jalón. Apenas sienta ganas de orinar debe contener el reflejo y entrar al cuarto para iniciar el procedimiento. Se desviste. A veces con más trabajo que otras porque la fuerza del chorro detenido en su interior acalambra con cosquillas y dolor desde la pelvis hasta el abdomen.

En posición horizontal, debe permanecer inmóvil sobre la plancha de exploración durante cinco minutos, mientras los brazos del aparato espacial se mueven de arriba abajo, lanzando rayos radiactivos hacia la zona lumbar de papá, quien se convierte en el blanco de unos bondadosos marcianos, que emiten luces curativas.

Tras ganar en todos los juegos de mesa que había en la sala de espera, en los cuales pronto me volví una experta, miré el reloj en la pared del hospital. Habían pasado unos treinta minutos desde que papá entró a recibir su tratamiento que, en teoría, duraba menos de cinco. Comencé a inquietarme. Estaba ciscada con lo que nos había pasado la primera vez; ya habíamos llamado demasiado la atención. Entonces lo vi en el pasillo. Estaba semidesnudo, la bata le dejaba las nalgas al descubierto. A punto de alcanzarlo, un enfermero lo interceptó y lo condujo de vuelta; a mí me ordenó que volviera a la sala de espera. Caminaban los dos muy lento de regreso porque papá llevaba el tanque lleno, a punto de reventar. Se había aguantado casi una hora las ganas de orinar: su vejiga podía estallar en cualquier momento. Una vez más estaba exagerando, pero es que me acordé de aquella niña de quinto, a la que le había explotado espontáneamente la vejiga veinte años atrás. Desobedecí el mandato del enfermero y me quedé esperando afuera, escuchando lo que le decían a papá. Alcancé a oír que su terapia se suspendía, que vaciara ya el depósito, que se vistiera, que, si lo creía conveniente, pusiera una queja en el buzón de sugerencias, que le darían una cortesía para el estacionamiento, que se fuera.

Me dirigí hacia la recepcionista y le pedí que me pusiera frente al doctor Traviesa, a quien había dejado de ver desde aquel día en que creo que me enamoré de él. Eso no lo dije, sólo lo pensé. Pero el médico de papá estaba en consulta en esos momentos. Al coordinador del área, entonces, porque quería comentarle acerca de algunas irregularidades en el servicio. Acudió una espiritifláutica en bata al llamado casi al instante, hasta eso.

—Señorita, a mi papá no le aplicaron hoy la terapia que debe tener a diario.

—Buenos días, soy la doctora Eugenia Sanz, ¿en qué le puedo servir? —se quitó los lentes que le quedaron colgando del cuello de un cordón rosa claro que parecía agujeta y se cruzó de brazos.

—Le decía que, al parecer, le negaron su terapia diaria a mi papá.

—¿Quién?

—¡Pues ustedes! ¿Cómo que quién?

—Le ruego que se tranquilice, por favor. ¿Cuál es el nombre del enfermo?

—Rafael. Señor Rafael Ángeles.

—Me dice que, al parecer, no recibió su terapia, ¿verdad? O sea que no está segura.

—Oí que eso le dijeron.

—¿Dónde?

—¡Pues aquí! Ni modo que en mi casa. ¡Qué preguntas hace, de veras!

—Ésta es la segunda vez que le pido calma. Necesito hacer un registro de su queja.

—No, a ver. Yo no estoy poniendo una queja. Las quejas se hacen cuando ya no hay remedio. Y yo necesito que me resuelvan y que mi papá reciba su terapia.

—¿Cuál es la periodicidad de la terapia del señor Ángeles? ¿Usted sabe?

—Diaria. Durante 30 días. No se puede interrumpir el tratamiento.

—Entiendo.

—Parece que no, porque le estoy diciendo que su vida depende de eso y la veo muy tranquila.

—Si usted sigue dirigiéndose a mí de esa manera, no vamos a poder solucionar nada.

—Yo sólo quiero saber qué pasó y que reprogramen a mi padre para más tarde este mismo día de hoy. Él no puede saltarse una sola sesión. Es todo.

—Muy bien, permítame entonces unos minutos. Iré a investigar lo que ocurrió y le traigo una respuesta y una alternativa.

Alcé la mirada al techo del hospital que, para mi sorpresa, tiene grabado en letras grandes: «Breathe». Casi escupo de la risa abrupta que me brotó. Si sacaban de quicio a alguien todo estaba perfectamente calculado. El gesto más común que hacemos cuando perdemos la paciencia es levantar la vista al cielo, implorando una respuesta. «Respira» era la recomendación en inglés para el paciente bilingüe desesperado. Es gigantesco ese lugar. Iba a ser difícil ubicar al director. Más que director, este sitio debía de tener un gerente. Se trata de una empresa. Una organización con fines mercantiles y comerciales a partir de la salud. No me quedó duda de que ahí comerciaban con la condición humana en su estado más precario: la enfermedad. Qué les iba a importar si no daban servicio a uno de los tantos clientes que tenían. Papá era un usuario más. Apareció la espiritifláutica en bata y con la mano me invitó a que me sentara en los sillones.

—En efecto, su padre no ha podido recibir esta mañana su tratamiento debido a un desperfecto en la máquina.

—¿Me va a decir que es la única máquina que tienen?

—Así es. Se trata de una tecnología especializada y por lo tanto costosa. Hemos llamado ya a los técnicos, pero se ha considerado que debido al cuidadoso trabajo de revisión al que la máquina debe someterse, ésta no quedará lista para el día de hoy.

La mujer hablaba de acuerdo con las reglas de un manual de redacción del español. Papá salió por fin vestido y se aproximó a nosotras en la sala de espera. Se veía molesto también.

—¿Y qué culpa tenemos nosotros? —dije al lado suyo, mientras él, por su parte, se aguantaba las ganas de hablar.

—Nuestra propuesta es que venga mañana, señor Ángeles, buenos días —la enjuta en bata cambió de pronto de interlocutor, refiriéndose a papá.

—¡Vaya! Gran solución —espeté, asegurándome de que ella viera que no me iba a echar tan fácilmente de la discusión.

—Está bien… —papá estuvo a punto de ceder.

—No, no está bien. Por supuesto que nada de esto está bien, señorita. La salud de mi padre depende de esa terapia. Si algo le pasa…

Me interrumpió papá:

—Cálmate, no tiene caso…

Interrumpí:

—Claro que viene al caso. ¡Que sea doble terapia en un día, entonces! ¡Mañana! Eso estaría bien. ¡Ah, no, claro! Es que es una tecnología costosa…

Ahora interrumpió ella:

—No se trata de costos, la terapia no es acumulativa —dijo la mujer.

—¡Peor tantito! ¿Ve? ¡Me está dando la razón! ¿Sí se da cuenta entonces de lo que implica que mi padre no reciba su tratamiento hoy?

—Así es y por ello les ofrecemos una disculpa, aunque no se trate de una falta nuestra.

—Ahí sí que no, señorita, si me lo permite —papá por fin se manifestó en contra—, yo creo que ustedes tienen responsabilidad en esto porque deben dar mantenimiento a sus máquinas cada cierto tiempo.

—Es todo lo que yo puedo hacer por ustedes, señor. Una disculpa. Si gusta, lo transfiero con el gerente del hospital. Quizás él podría darles otra opción.

En efecto tienen un gerente en lugar de un director. Acerté en mi suposición de carácter empresarial. Es puro negocio lo que hacen en ese lugar y papá se ha vuelto famoso ahí por quejarse de un servicio que no le está costando dos centavos sino miles de pesos. El dinero de su jubilación lo está invirtiendo en pagarse el tratamiento para su enfermedad en una clínica privada que parece estatal. Lo hace en contra de sus creencias acerca del servicio de salud pública, pero ahora está ocurriendo lo mismo que si se hubiera tratado en uno de esos lugares auspiciados por el Gobierno. Para ver al gerente tuvimos que subir al último piso, a la oficina principal del corporativo, con una mesa larga de ébano barnizado, donde nos sentaron en un extremo. Las paredes tapizadas de diplomas a la eficiencia, ninguno a la especialización médica.

—Antes que nada, señor Ángeles, le ofrecemos una disculpa por todo esto.

Nos quedamos callados los dos frente al gerente del hospital, quien ante nuestro silencio reinició la perorata. No queríamos más alegatos.

—En segundo lugar, tenemos para usted la propuesta de que sea gratis la sesión de mañana. Queremos resarcir el daño que hayamos podido provocar el día de hoy debido a la falla mecánica de nuestra máquina.

Íbamos de mal en peor.

—Ése no es el problema, señor —me adelanté a papá que, a juzgar por su cara, estaba a punto de ceder otra vez—. El dinero no es el problema. El asunto aquí, bueno, en realidad son varios asuntos aquí: mi padre se pasó penando casi una hora por el hospital, con la vejiga a punto de explotar, porque nadie le dijo que no podría tomar la terapia. Sí sabe lo que puede pasar cuando uno se aguanta las ganas de ir al baño, ¿verdad?

—No tengo el gusto, señorita, pero me imagino —dijo el tipo, que tenía facha de licenciado, porque ni bata traía puesta.

—Una compañera de la primaria casi se muere por algo así —dije muy segura.

—Ah, mire, qué grave. Lo siento mucho. No sabía que eso fuera tan peligroso.

—Como seguramente tampoco sabe que a mi padre le prescribieron un tratamiento intensivo durante treinta días.

—No tenía el gusto tampoco, señorita, pero ahora que lo dice, permítame hacerle una aclaración.

—No me aclare usted nada, señor. Lo que yo necesito es un documento por escrito y firmado en el que se especifique que fue responsabilidad de ustedes que mi padre no recibiera su tratamiento el día de hoy y se acabó.

—La aclaración que yo quisiera hacerle, señor, antes que nada y para que usted esté más tranquilo —ahora este sujeto, como la escuchimizada en bata, quería segregarme de la disputa, dirigiéndose a papá—, lo que quisiera aclararle, si me permite, es que no pasa nada si se omite una sesión durante el tratamiento.

Solté una carcajada de estrés. Ese sujeto no sabía el significado de «ininterrumpido». Qué iba a saber algo de esto él. Es un simple administrativo dizque capacitado para lidiar con la gente en momentos de tensión. Los diplomas de las paredes también se reían de nosotros. Vi cómo le salían ojitos a las «o» y boca a las «u».

—Como tampoco pasará nada, supongo, si no pagamos nada en este cochino hospital a partir de este momento —me enervé.

—Así es, señorita. Como ya le había comentado, nuestra propuesta de solución ante este imprevisto es que la sesión de mañana sea gratis para su papi, además de que hoy les daremos un pase para que no paguen el estacionamiento.

—Lo único que necesitamos es el maldito documento firmado, señor.

El tipo nos miró extrañado. Si todo se resuelve con dinero ahí. Le resultó un poco raro que rechazáramos su propuesta de gratuidad. Dijo que nadie le había pedido antes algo así y que la mayoría de sus pacientes aceptaban la oferta que nos hacía, por lo que iba a tener que consultar con el doctor Traviesa los lineamientos que debían seguirse en la redacción del escrito. A esas alturas ya hasta me había olvidado de para qué diablos quería un oficio con la firma de ese sujeto.

—Si seguimos con esto, son capaces de lastimarme —susurró papá—. Déjalo así. No vamos a cambiar el mundo.

Un tratamiento como el suyo precisa dosis exactas, ni menos ni más. Un exceso o un déficit son igualmente peligrosos. Nos fuimos. Temimos a las represalias.

*

Un lunes le pedí a papá que estacionara el coche lejos de la secundaria cuando me fue a dejar; él ni siquiera renegó, yo creo que pensó que su presencia me daba pena, como le pasa a todos los adolescentes que se quieren independizar de la autoridad. Lo único que yo deseaba era restarles motivos a aquellas niñas para molestarme con lo mismo. Las ignoré todo el santo día, como si nunca las hubiera conocido. Me reproché haber creído que podríamos ser amigas, si éramos tan diferentes. Para nada me gustaba que pensaran que papá era mi novio, además de que me parecía anormal, pero en caso de que fuera de lo más natural, jamás me habría fijado en él, no era mi tipo. Cuando la maestra pidió la tarea preferí mentirle con que no había ido al museo, antes de aceptar que fui en compañía de ellas. Con esto les demostré sin querer que había dejado de ser una ñoña, que estaba mejor sola y que salir con hombres que me doblaban la edad para hacerme la interesante era de lo más nauseabundo. Ellas sólo se me quedaban viendo cuando nos llegamos a cruzar en los pasillos, porque en el salón ni siquiera la mirada les dirigí. A la salida, me alcanzaron en el puesto de las jicaletas.

—¿Y ora tú, qué tienes? —me preguntó la grandulona.

94

Mordí la jícama enchilada, con sal y limón, que me había comprado y me di la media vuelta, dándoles la espalda, como si me valieran un reverendo comino.

—Pinche mamona, ya te crees mucho. Nomás nos quisiste presumir que tienes novio —soltó la misma niña de siempre, y una de sus compinches, la más enana, me jaló la dona que traía en el pelo, despeinándome toda.

Me hirvió la sangre. A punto de reclamarles con un grito, el miedo se sobrepuso al coraje. Tenían bastante ventaja sobre mí, porque yo estaba sola. ¡En mi vida me había peleado a golpes! Elegí la indiferencia, aunque más bien era para hacer tiempo en lo que me terminaba la paleta, por lo menos así contaría con un palito de madera como arma de combate. Seguían con lo mismo, qué insistentes chavas, de veras. Qué les costaba entender que ya no quería ser su amiga. Empecé a sudar porque si se empeñaban en lo mismo, me iba a tener que defender.

—¿Ora no vino tu novio por ti?

Enfurecí.

Después de remojarlo suficientemente en baba, pues era lo único que me quedaba para salvar la dignidad, les aventé el proyectil de madera y me eché a correr de regreso a la escuela. Apenas rozó a una, la más chaparra que, por desgracia, era bastante veloz y me alcanzó, luego entre las tres me tiraron al piso en la puerta. Se armó la rebambaramba, nos jalamos el pelo, creo que hasta entre ellas se pegaron. Mi dona y algunos pelos que me arrancaron salieron volando por ahí. Grité, pidiendo ayuda a las personas que pasaban; lo bueno es que iba saliendo el prefecto y nos separó de inmediato.

Sentadas afuera de la dirección de paredes color crema, mientras esperábamos el citatorio para nuestros padres, la secretaria del director, una señorita de copete endurecido de spray, con traje amarillo huevo, a tono con los muros, medias negras y tacones blancos, nos pidió a las cuatro, libreta en mano, el nombre de la persona responsable de venir a rendir cuentas por nuestro mal comportamiento. Mis agresoras nombraron todas a su mamá y cuando la mujer, que de algún modo muy precario me recordaba a Minnie Mouse, solicitó los datos de la mía, le respondí que no tenía. Me di cuenta de que lo común era contar con una progenitora, y yo que pensaba que era al revés. Creía que la mayoría de las familias estaban encabezadas por los papás. Se apostó un silencio entre nosotras, hasta que un intercambio de palabras a todo volumen nos llamó la atención en el zaguán de la escuela. Era papá, a quien el conserje le impedía la entrada.

—¡Abigaíl! Ella es mi hija, ahí está —me señaló, mostrándole al sujeto que él decía la verdad y éste le permitió el acceso.

Me tomó de la mano y la besó y yo me puse a llorar.

—¡Qué bueno que estás aquí! Me preocupé al ver que no llegabas. ¿Qué pasó? ¿Estás bien? —me susurró papá al oído.

Las molestonas se quedaron con la boca abierta al ver la escena, y a punto de soltar la carcajada la contuvieron con las manos. Papá me pidió que lo esperara ahí, mientras hablaba con la mujer del traje llamativo, adentro de la dirección.

—¿Es tu papá? —preguntó sorprendidísima la primera chamaca que había pensado cosas horribles acerca de nosotros.

—¿Es tu papá? —la arremedé con una vocecilla gangosa, producto de la rabia y de las lágrimas.

—¡Nomaaaaaaaa! —dijeron las tres al unísono.

—¡Pues quién más, burras? Son bien tontas.

—¿Y va por ti a todos lados?

—¡Pues obvio! ¿A quién no la recoge su papá de cualquier lugar?

—A mí no.

—Ni a mí.

—Meeenos.

Confirmé lo que había medio notado antes, cuando aquella señorita nos preguntó sobre los tutores a cargo de nuestro cuidado: las tres eran exactamente iguales, sus respuestas, las mismas, aunque usaran palabras distintas. Yo era la rarita.

—Estaría bien padre que mi papá me llevara o me recogiera alguna vez. Ni siquiera se entera de dónde estoy, nunca está en la casa —dijo la de menor estatura.

—¿Qué se siente que tu papá te caiga bien? —se me quedó viendo la otra, entre risas nerviosas. Le conocí, por fin, la voz—. El mío me pega a la menor provocación, está bien loco. Me cae remal por eso.

—Uy, chavas, 'tan chavas —remató la que se había comportado agresiva conmigo en todo ese tiempo—. A mí me gustaría tener un papá. Nunca lo conocí.

Dimos un aventón a las tres a sus casas y, de camino a la nuestra, me hice la dormida en el asiento del copiloto, porque me quedaron pocas ganas de hablar. Nos volvimos amigas. Al fin y al cabo, a las cuatro nos faltaba algo. Nos parecíamos más de lo que creí.

*

El trabajador social del hospital me explicó esta mañana que se comunicaba a la casa para dar un aviso. Papá había faltado al tratamiento y eso representaba un peligro para su salud. Si esto continuaba así, se desencadenarían alteraciones en el ciclo de medicamentos que le habían administrado antes y éstos podrían perder su efectividad. Cabía la posibilidad de que su cuerpo generara una resistencia al medicamento y, entonces, ya no sólo a él le dejaría de servir para curarse sino a todos los enfermos que lidiarán con el mismo padecimiento en un futuro, afectando seriamente las propiedades medicinales de los principios activos. No sé si lo dijo así tal cual, pero al menos eso fue lo que entendí y me alarmé, sonaba como a que estábamos a punto de presenciar un retroceso importante en la historia de la ciencia médica. Quizás otra vez yo estuviera exagerando, como casi no se me da, pero se me apareció de pronto el rostro de un anciano en bata, estetoscopio al cuello y una jeringa, emanando un líquido ambarino, de consistencia parecida a la miel. Ese octogenario tenía que ser Pasteur, el inventor de las vacunas, el único médico famoso que conocía me recriminaba con los ojos la conducta de mi padre.

—Un momentito, joven —lo interrumpí en su discurso sobre las terribles consecuencias de suspender un día más la terapia diaria.

—Claro que sí, con gusto —contestó mi interlocutor como un amable robot.

—Si entiendo bien lo que me dice, usted llama a mi casa para hacerme una advertencia, ¿es así?

—¡En este hospital, la salud de nuestros pacientes es primero! —sonó como comercial.

—Permítame, permítame.

—Claro que sí, con gusto.

—¿Entonces usted está insinuando que mi padre se ausentó de su terapia voluntariamente?

—En nuestra bitácora tenemos registrada una falta del señor Rafael Ángeles. Así es.

—Eso no lo pongo en duda, pero ¿sí sabes por qué faltó? —comenzaba a enojarme la actitud autómata de los empleados del hospital al que papá había confiado su curación. Y cuando eso ocurría podía faltarle al respeto a quien me estuviera provocando tal irritación; tutearlo tras haberme referido antes con deferencia era una muestra de mi molestia.

—No podría saberlo, señorita. Por lo que en este caso, yo le sugiero que le pregunte la razón al mismo señor Ángeles.

La persona del otro lado de la línea desconocía la diferencia entre la duda genuina y la pregunta retórica, que ni siquiera espera una respuesta. Era claro que papá había faltado a su sesión porque la máquina alienígena estaba averiada, según nos dijeron la caquéctica esa y el gerente del hospital, para nada se trataba de una ausencia volitiva. Iba a responderle al hombre con groserías, pero lo único que lograría con eso era que lo tomaran en contra de papá y era precisamente a lo que él le temía; así que sólo le pedí que, si algún día nos llamaba de nuevo, lo hiciera después de confirmar que papá efectivamente había faltado al tratamiento por irresponsable y no por las pésimas condiciones en que se encontraban los aparatos en ese hospital. También le comenté que me parecía de mal gusto que nos amenazara con las consecuencias de la supuesta necedad del señor Ángeles. Aunque el joven del teléfono parecía sorprendido con mi reacción y con todo lo que le decía, todavía tuvo el valor de aclararme que él sólo estaba haciendo su trabajo. Le colgué. En eso estaba cuando papá entró a casa.

—No me digas que eran del hospital —dijo al ver mi inquietud.

—¡Hazme el favor! Era un tipo que hablaba para informarme que habías faltado y que con eso estabas a punto de provocar una catástrofe en el avance de la medicina en el mundo.

—Nada es para tanto.

—Parecen hospital público, me cae. Cero comunicación, cada quien hace lo que se le da la gana. Echan culpas a quienes ni la deben ni la temen.

—Ahora que lo mencionas, me trataré en uno.

—¿En un hospital público? Creo que puedo entenderte. Son tremendos. ¡Cómo es posible que llamen para amenazarnos por algo que no fue tu culpa!

—Bueno, si no hubiera pacientes como yo, los trabajadores sociales de los hospitales no tendrían nada qué hacer.

—¿Qué hace un trabajador social?

—Son el enlace entre los médicos y los pacientes, pero primordialmente dan seguimiento a la evolución de los pacientes en sus tratamientos. Ese muchacho sólo estaba haciendo su trabajo. No lo culpes.

—Pero ni siquiera estaba enterado de que no tomaste la terapia porque la máquina estaba descompuesta. ¡Ora lo vas a defender!

—Eso fue hace unos días.

—Pues por eso mismo, ¡qué caso tiene que nos amedrenten con algo que ya pasó! Es más, si están muy interesados por tu salud, te lo habrían dicho hoy que fuiste y se acabó.

—No fui.

—¿Cómo que no fuiste, papá?

—Por eso llamaron.

—¡Y yo hice el ridículo entonces con el pobre muchacho! ¿Es en serio?

—Fui a ver unas casas —papá cambió el tema con naturalidad.

—¿Casas?

—Mi prioridad ahora es que vivas tranquila.

—Pero yo no necesito una casa en estos momentos.

—Mira, ésta —me ofreció un folleto, que rechacé—. Es preciosa. ¡Mírala!

—¿Y tu tratamiento?

—No pienso seguir pagándole nada a ese maldito hospital.

Se encaminó hacia la cocina, cuando comienza a enojarse se guarece ahí hasta que se le pasa. Lo ha hecho desde que lo conozco.

—Qué tonterías dices, papá —solté los folletos sobre la mesa.

—Dejarte un patrimonio no es una tontería, Abigaíl —dijo a punto del grito, cerrando la puerta de la cocina.

Mi respuesta, en el pasado, ante eso de encerrarse en la cocina era seguirlo hasta ahí, para seguir increpándolo. Él bebía y bebía agua, con tal de evitar decirme algo de lo cual pudiera arrepentirse. Llegó a tomarse hasta tres vasos de un jalón durante una discusión, mientras asentía a mis reclamos sin pronunciar una sola palabra que pudiera empeorar la situación. Tenía cierta experiencia en pasar líquido con rapidez.

—Agradezco que quieras hacerme ese regalo, papá —lo alcancé en la cocina, como antaño, pero esta vez en lugar de ponerme rebelde hice el intento por comprenderlo.

—Ya no sé qué hacer para que sepas que vas a estar bien —dijo papá, dejando el vaso vacío por ahí.

—¿Que tú me hagas saber a mí que yo voy a estar bien? ¿Cuándo? ¿De qué hablas?

—De cuando yo ya no esté. Tendrías que haber visto esa casa.

Ése es mi padre. Un hombre que contravendría las indicaciones de la aeromoza de ponerse a salvo en un avión en peligro, él me pondría la mascarilla de oxígeno primero a mí. Papá me inculcó la creencia de que yo nunca podría quedarle en deuda por ningún motivo; él se desviviría por su hija, en cambio, si fuera necesario.

*

Queríamos hacer algo juntas que no tuviera que ver con la escuela, y qué más alejado de las clases que irse de pinta. Ellas dijeron tener algo de experiencia, yo les comenté que le avisaría a papá. Aunque al principio se les hizo que eso le quitaba el chiste a la escapada, porque lo emocionante era pintarse sin permiso de nadie, al final concluimos que en su caso era lo mismo, sólo que al revés, pues aunque hubieran querido desobedecer a su obligación de presentarse en la escuela como una forma de rebeldía, lo cierto es que en sus casas a nadie le habría importado. Estábamos tablas. Las terminé de convencer muy fácil, cuando les dije que papá nos dejaría en la plaza comercial y cuando nos recogiera iríamos a comer en algún local de por ahí.

Pedimos unas cajitas felices en el McDonald's. A mí me parecían ya un poco infantiles, pero a mis amigas les hacía bastante ilusión, como si nunca las hubieran visto antes. Les brillaron los ojos cuando la cajera nos dio a escoger entre Luigi y el honguito de Mario Bros; mi emoción era menor y eso que hubo un tiempo en que hasta los coleccionaba. El juguete que traía el paquete, junto con las papas fritas, el refresco y la hamburguesa, correspondía a los diferentes personajes del videojuego de Nintendo. Terminamos de comer rápido porque lo que ellas querían era jugar e hicieron de la mesa una pista, donde rodaban sus nuevos coches, en carreritas. Sandy, la que siempre me había parecido mayor, lucía ahora como una niña, se veía más cómoda en su verdadera edad de catorce años. Se movía de aquí para allá, persiguiendo su carrito, y la minifalda que usaba como uniforme adquirió sus dimensiones originales, hasta las pantorrillas; igual el suéter verde bandera, la hacía parecer el Tontín de «Blancanieves» de lo grande que le quedaba; la chazarilla que había llegado a usar como ombliguera en el salón, para delicia de los niños de ahí, que se imaginaban toda clase de marranadas con su cuerpo al descubierto, era en realidad una camiseta guanga que desdibujaba toda incipiente forma corporal. Yo me quedé al lado de papá, sorbiendo ruidosamente mi Fanta.

Él nos sugirió que hiciéramos del baño antes de irnos, porque nos faltaba camino por recorrer. Nos dirigimos a los sanitarios, brincando y pegando de gritos, hicimos mucho escándalo. Nos sentíamos muy bien. Mientras todavía hacía pis, pues me había terminado medio litro de refresco, escuché que en los lavabos mis amigas, que evidentemente ya se habían vaciado, intercambiaban palabras con una señora. Me apuré lo más que pude para terminar cuanto antes, pero es que en esas cosas más vale desaguar bien. Cuando llegué por fin con ellas, alineadas frente a las llaves de agua, las empujé con la cadera y, como fichitas de dominó, la última, Sandy, estuvo a punto de estrellarse contra la mujer.

—Tengan cuidado, hijitas —dijo la señora de chongo y traje sastre café.

Ofrecimos disculpas por el conato de empujón al mismo tiempo y la sincronía con que las dimos nos dio risa. Íbamos de salida, cuando la mujer se volvió hacia nosotras.

—No, no me refiero a eso. Ni siquiera me tocaron —siguió la mujer.

Nos miramos las cuatro, como si nos fueran a regañar.

—Miren, es que ustedes son jovencitas…

Nos volvimos a ver todas, porque era obvio que la señora ya era mayorcita. Se nos escapó una trompetilla de nervios.

—Los hombres mayores son unos aprovechados, tengan cuidado.

Por un momento coincidí con lo que decía nuestra nueva interlocutora, pero más porque me recordaba de algún modo a eso que mis amigas creyeron con respecto a papá y yo.

—¿Dónde están sus papás?

—Seeeeepa —respondió Bibi, que medía como metro y medio de alto, refiriéndose a la nueva figura paterna que había descubierto que existía.

—Con su otra familia —añadió Karla, la de en medio, a la que oía por segunda vez en mi vida.

Quise decirle que el mío estaba afuera, esperándonos, y que por eso ya nos íbamos porque se podía preocupar de que nos estuviéramos tardando tanto, pero la señora preguntona me interrumpió.

—Ahora entiendo, pero no se dejen, eh, cuéntenselo, por favor, a quien más confianza le tengan —soltó la dama, en un despliegue de comercial televisivo.

Ninguna entendió a qué se refería, lo que sabíamos era que ese comercial de la televisión advertía a los niños de posibles adultos que quisieran abusar de nosotros.

—Las vi allá afuera, con ese hombre…

—Ese hombre es mi papá, señora.

Azotamos la puerta de los baños y de camino a nuestra mesa, donde papá aguardaba por nosotras, Sandy me dijo entre broma y broma que por lo visto había más personas como ellas que habían creído esas cosas horribles entre él y yo. Me puse como energúmena.

—¡Vámonos! —le ordené a papá.

—Pérame, ora yo voy al baño, espérenme tantito. No me tardo nada.

—¡Ash! —me quejé enojadísima.

Sandy, Bibi y Karla volvieron a su pista improvisada y yo me quedé en mi silla, atenta a los alrededores. Sentí que todos nos miraban siempre, como nos había espiado esa mujer chismosa, y nosotras ni en cuenta. En efecto. Unos sujetos de la edad de papá, en la mesa de enfrente, se relamían ahora los labios al vernos, en especial a Sandy, quien había aprovechado nuestra ida al baño para subirse nuevamente la falda como mini y la chazarilla de top. Los tipos les hacían ojitos y ellas en la baba con sus coches de mentiritas.

—Qué suerte su acompañante, eh —lanzó uno, sin poderse resistir, porque por más gestos que hacían no lograban llamar la atención de ellas.

—¡Ese acompañante es mi papá, pendejo! —dije una grosería por primera vez en la vida—. ¡No es mi novio ni tampoco es un abusador de menores! Y orita que venga los voy a acusar con él y los vamos a llevar a la cárcel, a usted y a sus amigotes —grité en el comedor de la plaza comercial—: ¡Pervertidos!

Estaba harta de que nadie creyera que papá era simplemente mi papá. Mis amigas brincaron de las sillas y me abrazaron, dejaron los cochecitos ahí. Comprendimos que el mundo que nos había tocado vivir estaba algo jodido. Ellas, porque tuvieron que esperar hasta la adolescencia para experimentar lo que era ser niñas, cuidadas y protegidas, aunque fuera por un papá prestado; yo porque me di cuenta de que, en opinión de la mayoría, una niña y un hombre solos son amantes. Tener papá era un privilegio que pocos gozaban; las que abundaban eran las mamás, así que me puse a buscar a la mía porque comprendí que ellas no desaparecen así nada más.

VI

De niños asumimos como verdad cada cosa, que el tiempo se encargará de desmentir a guamazos. Mi siguiente desilusión ocurrió en una fiesta, cuya invitación incluía unas extrañas siglas, de las cuales supe su significado hasta después del evento con sus respectivas consecuencias, era una inexperta. Primero «NRDA», la indicación de que sólo dejarían pasar a la fiesta a las personas que consideraran pertinentes. Las otras letras eran «RSVP», acrónimo de la petición de confirmar la asistencia. Hubo dos frases más, a mi parecer, obvias, que aclararon el horizonte en el que me adentraba por primera vez. Una: «Es de traje», una aclaración que me parecía redundante porque era evidente que debía verme presentable, era una fiesta, aun cuando ponerme un vestido de noche me resultara una exageración, y eso que yo soy una exagerada, pero ni que fuera nuestra graduación. Sin embargo, esa expresión de «Mesa de regalos» me hizo sentir en casa por fin, quería decir que los invitados tendríamos la oportunidad de escoger, de entre una vasta oferta de obsequios, alguno de nuestra elección. Me emocioné mucho porque nunca me había tocado algo así más que en mi propia casa, afuera lo común era conformarme con lo mismo de siempre: comida, pastel y tragos.

Para entrar había que hacer fila, como si estuvieran regalando algo. Me sorprendió la cantidad de gente que mi amiga había logrado reunir. La mayoría traía una o dos botellas, supuse que se las habían dado antes de que yo llegara, pero me ahorré la pregunta porque a ninguno conocía. Lo que sí me hubiera gustado preguntarles era por qué se me quedaban viendo como si fuera un bicho raro. Estaba claro que yo era la única que traía puesto un conjunto de gala, pero qué culpa tenía yo de sus fachas. Por un momento me puse de su lado y me reproché haber obedecido las indicaciones de la invitación, pues se veían más cómodos ellos, contraviniéndolas.

—¿Nombre? —dijo el hombre flaco de la entrada, quien con su aspecto contradecía el del cadenero típico robusto, pero con sus modos se asemejaba a los guaruras más expertos porque ni un saludo dio.

—Abigaíl Ángeles.

Pasó los ojos sobre las hojas que sostenía con una mano, en un recorrido guiado por su propio índice. Conque la dichosa mesa ya tenía los regalos asignados por nombre. Así qué chiste. Esperé de todos modos que me tocara algo padre.

—No estás. ¿Quién sigue? —el hombretón me jaló del brazo, para que dejara pasar a quien venía detrás de mí, una mujer que, por cierto, ya traía sus correspondientes botellas. No supe en qué momento me perdí la repartición.

—Soy la mejor amiga de la invitada —cacareé un poco porque tampoco es que fuéramos incondicionales.

El sujeto de la puerta me echó unos ojos de estar acostumbrado a esos pretextos. Me quedé parada sin saber qué hacer, pero más bien para conocer el secreto a través del cual dejaban entrar a los demás. Todos hacían lo mismo que yo, dar sus nombres, pero, a diferencia de mí que seguía esperando ahí, accedían a la fiesta sin ningún problema. En eso vi al galán de la escuela.

—¡Hey!, hola… —le grité y me quedé a la mitad de la frase porque ignoraba su nombre. Todos le decían el «Carita», pero ni modo que me dirigiera a él así—. ¡Carita! —me animé y ni me peló.

Al Carita ni siquiera le pidieron su nombre a la entrada, tenía derecho de piso. Ondeaba la mano, al entrar, como hacen las señoritas en un concurso de belleza, por mero compromiso, saludando a quién sabe quién. Me di la vuelta, me retiraría de ahí, ni quién quisiera su cochina mesa de regalos, pero una bola de jóvenes enardecidos me arrastró con ellos de vuelta. Terminamos abrazados, riendo, yo de nervios más que de gusto, y gritando no recuerdo qué. Dimos portazo, pasamos casi encima del cadenero, quien, al vernos en ese estado, nos mentó la madre con la mano en la que traía las hojas con los nombres de los invitados. Cuando me di cuenta ya estaba adentro de una fiesta en la que no conocía a nadie más que a mi amiga y al Carita, y ella ni sus luces.

Me encaminé hacia la mesa de regalos que estaba en medio del jardín, donde me entretendría en lo que hallaba a Marina. Había cajas de todos los tamaños y envolturas. Eran los obsequios para los invitados, al parecer nos llevaríamos verdaderas sorpresas. Se me hizo raro ver un coche estacionado al lado, pero luego vi el moñote que lucía en la fascia y casi me voy para atrás. ¡Qué generosa era Marina! Si hubiera sido de veras su mejor amiga, seguro me habría regresado esa noche a mi casa en auto nuevo, aunque quién sabe cómo porque ni sé manejar. Encima de este despliegue de abundancia, los globos y las serpentinas colgaban del techo inmenso como estalactitas de color.

—¿Qué tomas? —pasó una de las chicas que me había metido a la fiesta en bola.

—No, nada, sólo estoy viendo —dije, refiriéndome a los regalos. No fuera a pensar que me estaba llevando algo. Se me quedó viendo raro, porque al parecer ella hablaba de otra cosa. Se siguió de largo.

Seguí husmeando entre los presentes. Tampoco podía verme tan avorazada como para llevarme el carro, pero al ser amiga de Marina tenía derecho a escoger uno menos ostentoso aunque de gran calidad. Decidí quedarme con un minicomponente de audio y una edición especial de discos de Mecano. Me encantaba. Seguro ella había pensado en mí al elegir ese regalo. Unas pirámides hechas de Ferrero Rocher amontonados llamaron mi atención. Definitivamente me encontraba en una fiesta como las del embajador que ponían en la tele como el epítome de la elegancia. Agarré unos cuantos chocolates, los que me cupieron en la mano.

—¡Vente! —me abrazó la misma fulana de hacía un rato y se me cayeron mis Ferrero, dejando una mancha dorada en el piso. La tipa me condujo a fuerzas hacia un grupo de personas que bailaban con trago en mano—. Orita vas y les quitas la botella —me dijo, como si yo fuera a seguir su indicación.

Unos globos reventaron arriba de nuestras cabezas y saltamos las dos con el tronido.

—¿Cómo crees? —intenté zafarme, pero tenía bastante fuerza, la misma que me había traído hasta allí.

Me empujó hacia ellos y aunque intenté resistirme a la inercia, acabé golpeándolos como si fueran los bolos y yo la bola. Ella se abalanzó también, arrebatándoles la botella con gran precisión, después se echó a correr hacia sus amigos, con los que había llegado a la fiesta. Por mi parte, acabé en el piso porque la mujer con la que me estrellé me repelió de inmediato con otro empujón. Nada de eso vi venir. Definitivamente nunca encontraría a Marina en medio de ese alboroto y terminarían corriéndome de ahí, así que como pude me incorporé y, enfilada hacia mi objetivo, agarré los discos y el estéreo, aprovechando que todo mundo estaba distraído. Por lo menos de eso tenía derecho yo.

—¡Agárrenlos! ¡Rateros! —gritaron los aludidos, haciendo ver que éramos unos colados.

A ellos ni los alcanzaron, eran unos ladrones expertos; habían entrado sin invitación. En cambio a mí se me echó encima el cancerbero aquel de la puerta y otros gorilas como él, sin deberla ni temerla. Bárbaros. Tanta fuerza para inmovilizar a una sola mujer. La presencia de mi amiga impidió que me llevaran a la cárcel ese día, porque ella salió en mi defensa ante la policía, que arribó a la fiesta rápidamente. Fue la primera y única vez que la vi en toda la noche. Me sorprendió la calidad del servicio judicial en esa colonia, en la mía localizar una patrulla era como encontrar una mosca en la sopa. Raro y desagradable, porque ni siquiera te iban a ayudar si acaso llegaba alguna. Marina, entre burlas, dejó que me llevara mi botín, como una salvedad, pero me aclaró que en los cumpleaños el festejado recibe regalos, no los da.

Siempre creí de chica que era al contrario. En la fiesta que papá me organizó por mis seis, nadie me dio ningún obsequio y nosotros ofrecimos a los invitados sendas rebanadas de pastel de colores, bolsas de dulces de los Muppet Babies, gorros, serpentinas y espantasuegras, así como los premios de los concursos que organizamos, en los que quien lograba sacar con los dientes la manzana de una tina llena de agua, por ejemplo, se ganaba una memoria o un moco de King Kong. Pasaba lo mismo en los aniversarios de papá. De hecho, con él aprendí eso de dar presentes a nuestros afectos cuando cumplíamos años, porque él me regalaba cosas diversas cuando conmemorábamos su nacimiento, aunque en mi turno se resistía a aceptar lo que yo pudiera darle, porque me decía que siempre hay una excepción a la regla. Pero ese día que casi me llevan presa, descubrí que todo era al revés.

Me guardé durante años el secreto de cómo funcionan los cumpleaños en la realidad. Tal como hice con los Reyes Magos también, le confesé a papá que sabía que se trataba de él hasta la secundaria. Lo hice a mi conveniencia porque de esta forma era como si festejáramos mi nacimiento dos veces al año, en mi fecha y en la suya, y me tocaba doble obsequio. Pero llegó el momento de darle algo en su aniversario, sentía que si no lo hacía me iba a arrepentir, quizá fuera la última oportunidad que tendríamos para conmemorarlo. Enmarqué la foto de su hermano. La había conservado en un álbum deshojado, donde me la mostró, cuando hablamos acerca de él, maltratada y amarillenta. Era la única que tenía de Damián a su lado. Si seguía más tiempo entre esas páginas se pulverizaría, junto con sus recuerdos. Esa ocasión se la pedí, porque intuía que me serviría, y pese a que era una de sus pocas posesiones, papá me la cedió sin chistar ni preguntar para qué la quería. Supongo que pensó que era igualmente valiosa para mí. En la imagen, Damián en cuclillas es admirado por Rafael, su hermano menor, quien lo observa desde un costado, medio encogido, con una sonrisa a punto de convertirse en risa, mientras el mayor de la casa posa para la cámara como un joven dios. Papá no iba a poder negarse a recibir mi presente, que de por sí le pertenecía, y si me reclamaba que hubiera gastado dinero en eso, le respondería que para nada es caro el latón.

—Conque sólo nosotros damos regalos a los invitados en nuestros cumpleaños, eh —dije al término de «Las mañanitas», frente al pastel, y le ofrecí su foto envuelta en papel de bigotes, plumas y portafolios, el estampado más adecuado para los papás, en opinión de la señora de la papelería.

—La gente no suele dar regalos a los demás. Así no te traumabas si en tu cumpleaños no recibías ninguno, hija —precisó papá, mientras abría el suyo.

—Híjole, esa aclaración hubiera estado buena cuando empecé a ir sola a las fiestas, casi me meten a la cárcel una vez. Ya me andaba llevando cosas que no eran mías.

Papá paró la foto en la repisa, frente a la mesa; el sol abrillantó sus bordes dorados.

—Te agradezco esto, Abi. Lo recibo porque no hay de otra, está muy bonito el marco. Pero no creas que te vas a librar de tu regalo, eh.

—Ni me preguntaste qué quería.

—Discúlpame, sí. He tenido la cabeza en otro lado. Pero ahora podríamos hacerlo diferente, digo, si ya empezaste con los cambios. Me gustaría darte algo que yo quiera.

—Nomás no me salgas con lo de la otra vez.

—Pues más o menos.

—No inventes, papá. Yo no necesito una casa.

—Bueno, entonces dime, ¿cómo puedo demostrarte que vas a estar bien? —al parecer papá seguía empecinado en hacer algo al respecto.

—Mira, si tú estás bien, yo estoy bien.

—No me refiero a este momento, hija.

—Pero el futuro no podemos saberlo.

—Intento tomar previsiones.

Me preocupaba que papá mostrara cierta resistencia a seguir con su tratamiento en el hospital, así que me pareció buena idea pedirle un poco de constancia como regalo.

—Termina tu terapia ahí donde estás. Cambiar de lugar representa volver a empezar todo y perder tiempo que no tenemos.

—Me estás haciendo trampa. Quedamos en que yo iba a decidir el regalo.

—Con eso me basta.

—Pero a mí no. Te concedo eso, pero aparte quiero que te quedes con algo que te sirva.

—Mmmh, a ver.

—Una casa es una buena opción.

—¡Oh, que la burra al trigo!

—Clases de manejo.

—Ni coche tengo.

—¿Y el mío?

—Mira, mejor, ya que andas en eso, ¿qué te parece unas clasecitas de natación?

Papá seguirá su tratamiento en el mismo hospital y yo aprenderé a nadar. Es un intercambio, el acuerdo al que hemos llegado, uno en el que ambos ganamos, como son las buenas negociaciones. Él se queda tranquilo si no destina todo su dinero a una empresa de la salud, donde lo han tratado mal, e invierte un poco en mí, y yo también me sereno si papá hace lo que está en sus manos para curarse. He llegado a creer que la sensación de ahogo, que se instaló en mi pecho desde que papá enfermó, terminará por asfixiarme, así que aprender a flotar tal vez esté bien.

*

—¿Dónde está la tumba de mamá?

Era la primera vez que hablábamos de ella desde la última ocasión en que la vimos como una flor maravilla enterrada en el jardín. Estaba en el último año de la preparatoria, etapa en la que uno se cuestiona acerca de asuntos relacionados con la existencia o al menos hace el intento. Porque lo cierto es que yo no tenía idea de qué hacer con mi vida, ni qué iba a ser de mí. Si tenía alguna vocación. Lo único que me quedaba claro a esa edad era que a las personas no se les entierra en el jardín de la casa, como hacemos con los pequeños animales muertos. Un conocimiento que había adquirido tiempo atrás, por cierto, desde aquel episodio en la plaza con mis amigas, pero al que decidí ignorar por miedo. En fechas recientes había sumado más desencantos.

Papá dijo que mamá se hallaba a varios kilómetros de ahí. Pidió papel y lápiz para trazar el croquis de su ubicación. Plasmó con seguridad las primeras líneas que representaban las calles. Recordé su gran destreza para hacer planos, como el que había imaginado de niño para alcanzar en las montañas a su hermano Damián, una cartografía bien hecha con todo y su cordillera. Papá era bueno para las cuentas y para dibujar mapas. Pero al bosquejar el del sepulcro de mamá se equivocaba todo el tiempo: borraba y volvía a marcar en el mismo sitio o en otro lugar. El dibujo era una huella de su memoria, un flujo de imágenes imperfecto que lo obligaba a rectificar sobre el papel con olvidos y recuerdos. En una de esas rasgó la superficie y la punta de grafito se quebró. Como si su pasado se hubiera volcado encima con bastante fuerza, rompiéndolo.

—No me acuerdo bien, hija —dijo al ver su fracaso.

—¿Qué te pasa? —me sorprendió su respuesta, pues la muerte de una esposa no se olvida así nada más. Creo que incluso me ofendió—. Yo me acordaría.

—No creo, estabas muy chica —papá soltó su sentencia como si nos estuviéramos refiriendo a cualquier otro hecho distinto al deceso de mamá.

En efecto yo había olvidado prácticamente todo acerca de esos días de luto. Tenía la impresión de que ni siquiera en esa temporada vi a papá vestido de negro. Mi memoria era una laguna profunda. Sentía que los recuerdos relacionados con la desaparición de mamá se habían evaporado, como si nunca hubieran ocurrido. ¡Qué tipo de hija era yo! Una que desconocía dónde estaba enterrada su madre.

—¿Al menos sabes llegar, papá? —insistí.

—No sabría decirte. Tendríamos que probar.

—¿Cuándo vamos? Me gustaría visitarla.

—¿Por qué tanta insistencia, hija? —conforme papá mostraba cada vez más su indiferencia, mi petición cobraba mayor fuerza.

Una no se interesa mucho por su familia sino hasta la madurez, y en realidad esa indagación tiene que ver más bien con nuestro lugar en la historia que con las personas que nos rodearon en sí.

—Es natural. A cierta edad se experimenta la necesidad de conocer los orígenes —al decirlo, sentí como si me hubiera convertido de pronto en adulta y seguí—: Tengo el derecho de saber dónde pasa sus días mamá desde que la perdimos.

—¡Vamos! —se levantó papá de la mesa y se encaminó a la puerta. Descolgó las llaves del coche.

Me emocioné y salí de la casa despedida como un proyectil. Él intentó alcanzarme en las escaleras, pero yo tenía mejor condición física. Los autos se quedaban abiertos en el estacionamiento del edificio, por si había que mover alguno para que otro pudiera salir. El portero se encargaba de eso.

Así que abrí la portezuela y, antes de que me dejara caer sobre el asiento del copiloto, papá entró también por el otro lado y jaló algo que estaba sobre el tablero para esconderlo. Se puso muy serio de inmediato, como si no fuera aquél que había saltado antes al interior del coche a la manera de un chimpancé gracioso.

—¿Qué pasa?

—No, nada —me dio risa su circunspección.

—¡No manches! Si acabo de ver que agarraste algo como loco.

—No es cierto.

—No te hagas, papá. Ya dime qué traes ahí.

—¡Qué más va a ser! ¡Eh! —abrió una mano para mostrar lo que tenía—. Las llaves del coche —la otra mano seguía echa bolita con el objeto que me estaba ocultando.

—Ay, sí, cómo no. A ver la otra.

Se bajó del auto con el diminuto botín.

—¿No que íbamos a ver a mamá? —grité por la ventanilla.

—Un día vamos —y se encaminó de vuelta a casa.

Me enojé porque había jugado con mis sentimientos y al alcanzarlo en las escaleras, ya que yo sí pude emparejarme pues, como dije, mi condición física era mejor que la suya, le exigí en uno de los descansos que por lo menos me dijera qué traía entre manos. Sentí que me estaba tirando de a loca. Papá abrió la palma, dejando al descubierto su más reciente tesoro.

—¿Un salero? —pregunté incrédula. Tanto para eso.

—Siempre lo llevo en la guantera para hacerme un taco cuando voy por las tortillas —explicó, enfatizando las sílabas acentuadas implícitamente de cada palabra.

—¿Y qué tiene?

—Pues no te fueras a burlar.

Hay una etapa en la relación entre los padres y los hijos en que los papeles se invierten. Creo que ahí fue el inicio de la nuestra. Al siguiente día, papá me dio un papel con una dirección garabateada. Como médico efectivamente tenía pésima letra; para nada iba a ser la excepción. Le pedí que me la leyera porque era imposible comprenderla y anoté abajo las coordenadas: Viuda de Betty 14.

De acuerdo con el plano llave de la ciudad, había tres calles con el mismo nombre en diferentes puntos. Que yo supiera ningún panteón quedaba cerca y eso me sirvió para descartar las dos ubicaciones más próximas a la casa. Me fui por la tercera. Al abrir el mapa en la página correcta descubrí que tampoco se veía ningún cementerio a la redonda con su planta simétrica y sus calzadas. El año de la publicación estaba datado hacia una década, no era para que en ese tiempo hubieran alcanzado a destruir un camposanto. Que yo supiera de esos inmuebles nunca se prescinde, además pertenecían al siglo pasado.

Una calle angosta con cipreses perfectamente recortados en distintas formas geométricas era la dirección que papá había apuntado en el papel, ningún panteón a los alrededores. De todos modos iría a buscar la cripta de mamá en el 14; estaba en el 196. Comencé a sudar y eso que hacía frío. Me troné los dedos. En esa época me los torcía mucho y papá amenazaba con que me quedarían chuecos. Cuando crecí se me quitó esa costumbre, pero dos dedos me quedaron en efecto un poco curvos. Llegué a una rotonda, como las de los panteones pero sin tumbas, una simple glorieta. Al atravesarla me di cuenta de que la numeración se saltaba del 12 al 16, no existía el número que estaba buscando. En medio de ambas construcciones que ostentaban esa ubicación solamente estaba la explanada circular.

De pronto algo inesperado llamó mi atención: vi saltar un chorro de agua en el centro. Era una fuente. Parecía como si apenas la hubieran encendido, había pasado por ahí sin notarla. Subía y bajaba al ritmo de una música inaudita que sólo yo podía escuchar en esos momentos. Comencé a tararear la tonada en mi cabeza. Era una canción infantil. Qué era eso que me dictaba el sonsonete. Me acerqué al manantial citadino como atraída por algo fuera de mí porque ni siquiera el flujo continuo de coches me detuvo al atravesar el arroyo vehicular. Quienes se detenían al verme caminar por la mitad eran ellos. El agua era de una transparencia irreal. La brisa me humedeció el rostro. Quise meterme a bañar ahí. No hedía como todas las fuentes que había visto. El escenario era tan hermoso que me hinqué y pude distinguir por fin la música. Eran las notas que yo imitaba en el piano de los silbidos de mamá. Sumergí ambas manos y brotaron peces de colores provenientes de un lugar desconocido. Como si alguien los hubiera soltado a nadar. Me rozaban los dedos. Estaban fríos. Atrapé uno naranja y cerré el puño debajo del agua. Parecía uno de mis peces millón. El pequeño animal se deslizaba de un lado a otro en el interior como si flotara en un medio conocido. Los demás, que antes se habían dispersado en la pileta, se congregaron alrededor de mis dedos contraídos, como si quisieran también que los acogiera. Al soltar, se desaparecieron. Si esto estaba pasando, tal vez fuera posible eso de enterrar a los muertos en el jardín, como hicimos con mamá en su momento.

*

El miedo con toda su fuerza y todo su poder se me reveló el día de la primera lluvia del año. El meteorológico había informado que el agua empezaría en la noche y apenas eran las seis. Aunque debí saberlo porque las previsiones del clima nunca son certeras, en ese momento la falta de precisión en el pronóstico me pareció lo menos importante, pues incluso si se hubiera cumplido a la perfección, papá y yo estaríamos a salvo, bajo techo. No había problema. Lo que en verdad me incomodaba de todo eso era que, más bien, las cosas habían sido distintas a como lo planeé. Llovió antes de lo previsto y papá no volvió de su terapia a la hora que siempre lo hacía. Si me pongo realista, algo que para nada es una cualidad mía, ninguna de las dos situaciones dependía de mí. Luego me da por pensar que todo está bajo control, el mío, bajo mi control. Qué ingenua.

Saqué el abrigo de papá, uno color castaño. Sólo se lo había visto en una ocasión, cuando yo era chica e hizo mucho frío. Recuerdo que, entonces, el viento congelaba, un poco como ahora que es el verano más helado de nuestras vidas, aunque hace calor. Me puse el mío. Lo tenía a la mano en el perchero de la entrada, porque de un momento a otro, desde que papá enfermó, me volví friolenta. El paraguas estaba listo de igual manera a un lado, lo había sacado del clóset por si teníamos que usarlo durante la primera lluvia del año. Lo que nunca pensé fue que lo necesitaría precisamente para ir a buscarlo.

La lluvia caía con tal vigor que sentí como si las gotas se escurrieran a través del paraguas, mojándome. Alcé la mirada, a lo mejor se había roto, pero la tela estaba intacta, resistiendo la embestida del agua. Tuve la impresión, entonces, de que mi búsqueda de papá podría durar indefinidamente. Cómo iba a saber si es que él volvía mientras yo estaba afuera. No teníamos forma de comunicarnos. A menos que yo marcara, en algún momento, desde una cabina de teléfono a nuestra propia casa. Corrí a refugiarme ahí mismo. Vi que era de monedas y sentí un alivio momentáneo; iba a ser más fácil conseguir unos pesos que una tarjeta para usarlo. Busqué en mi abrigo, pero no encontré un centavo. Palpé en las bolsas del de papá y hallé cinco monedas de distinta denominación, que equivalían a tres minutos de llamada. Marqué el número de la casa y sorprendentemente levantaron el auricular. Era él.

—¿Dónde estás, papá? —dije, reconociendo al instante que mi pregunta era ridícula, pues era indudable que él ya estaba en casa.

—¿Tú dónde estás?

—No llegaste en todo el día.

—No lo tomes a mal, hija, pero ¿desde cuándo tengo que avisarte adónde voy? —fue su manera de decirme que su vida sólo era de su incumbencia, y como lo hizo tan respetuosamente, le di la razón. En efecto, ambos somos adultos y tenemos la libertad de hacer lo que queramos sin rendirle a nadie cuentas.

—Pues es que eres un hombre mayor.

Iba a decirle que debía darme pormenores de lo que hiciera, porque algo podía ocurrirle en cualquier momento y si yo desconocía su paradero iba a ser más difícil ayudarlo. Como esa lluvia. Me desesperó que pasara por alto que el agua es ahora nuestra enemiga. Si papá se mojaba y enfermaba tendría que abstenerse de recibir su terapia, afectando la eficacia de los medicamentos que lo curaban, según había dicho el trabajador social. Estoy obsesionada.

—Tú misma lo has dicho: soy un hombre mayor. Sé cuidarme. No necesito que nadie lo haga por mí. Ocúpate de lo tuyo, hija, por favor. Pareces mi madre.

Me desconcertó la forma en que papá se estaba comportando conmigo porque lo hacía arrogante. Se me ocurrió que la imprudencia era uno de los síntomas de la enfermedad, que con el anzuelo de la vida dentro, papá quería sacudirse los cristales de la resignación. Lo imaginé con toda esa agua en su cuerpo escarchada en los pies y a él resistirse a esa estampa suya, zarandeándose para aprovechar lo que queda de esperanza. Pero hay que ver la realidad, y casi como un exabrupto, escupí al teléfono eso que ninguno de los dos habíamos querido aceptar.

—¡Estás enfermo!

—No me hables así, niña tonta. Yo soy tu padre —colgó.

Sólo hubo que decirlo en voz alta para que eso que hemos estado viviendo como un mal sueño se volviera realidad, y papá recurrió a los buenos modales para hacerle frente y protegerse, como si se tratara de una ofensa mía en su contra, un comportamiento que se corrige con un poco de educación. Volví a marcarle pero no respondió. Las gotas me mojaban los pies como fuego, quemando. Sentí miedo. Miedo de que me venza todo esto. Miedo de que papá tampoco lo logre. Miedo de morirme. Miedo de que él se muera. Miedo de que nos muramos los dos. Emití un sonido extraño, diferente al grito. Nada estruendoso, más bien sutil. Después de tantos días en que las cosas se mantuvieron bajo control, hace unas horas estalló el miedo que tendría que haber sentido en días pasados, en los que parecía ser dueña de la situación. El pánico me explotó en el pecho. La mejor forma de manejar mi temor todo este tiempo ha sido controlar absolutamente todo lo que puedo, sin dejar nada al azar. Pero hoy entendí que hay sucesos que, a pesar de todo, nos van a pasar. La sorpresa. Como la que estaba a punto de ocurrirme.

Vi unos tacones chatos debajo de un paraguas enorme. La propietaria se detuvo a unos pasos de mí. El semáforo seguía en rojo, lo que le permitió tomarse un tiempo para comprobar si aún llovía. Bajó la sombrilla y abrió la palma de su mano libre para palpar el ambiente. Nada la mojó. Había dejado de llover inesperadamente. Cerró su toldo portátil y nos vimos. Era ella. La misma mujer que nos había visitado días atrás en la casa y a la que nunca le abrimos la puerta: mi madre. Aquí íbamos otra vez. Se hizo la desentendida, me dio la espalda y a punto de cruzar la calle, la tomé del hombro. Ahora sí tenía algunas cosas que decirle.

—¿A dónde vas? —pregunté sin soltarla.

—A verlos, a ti y a tu papá, de hecho. Qué casualidad.

Ella quiso zafarse de mí y yo apreté más los dedos.

—No te acerques otra vez, por favor —me temblaba la voz.

—Eso no se le dice a alguien a quien toda tu vida esperaste ver, Abigaíl.

Solté una carcajada de nervios.

—¿Qué quieres, mamá? Ya déjanos en paz —supliqué.

No sabía cuáles eran sus intenciones, pero podía presentirlas. Reencontrarse conmigo, como si nada hubiera ocurrido, alegando que ahora está vieja y le cuesta más valerse por sí misma, sin tomar en cuenta la enfermedad de papá. Los padres saben usar a su favor la necesidad que los hijos siempre tenemos de ellos, más si nos faltaron. Qué cabrona.

—Si por mí fuera no lo habría hecho nunca —sentenció mientras se sobaba el hombro que por fin liberé. Se recargó en la cabina telefónica.

—¿Dejarnos? —comenzaba a ceder a sus malévolos encantos.

—Volver —soltó como un disparo.

Acribilló mis anhelos culpables de reencontrarnos y en vez de llorar, me enojé.

—¿Por qué chingados volviste entonces, mamá?

—Tu padre piensa que yo puedo cuidarte.

Deseé que ella fuera la enferma en lugar de papá.

—Soy tu madre, Abigaíl. Ni modo.

El temblor en el cuerpo me hizo olvidar lo que iba a reclamarle.

—Y tu padre tiene miedo de morir.

Me hubiera gustado que me pidiera perdón y expresara su arrepentimiento por haberme abandonado. También que me aceptara como su hija. Pero me queda claro que nada de eso ocurrirá, que nada de eso tiene caso ya.

—Cuidarte dio sentido a su vida, no quiere dejarte sola. Me ofreció dinero.

Se cubrió la cara con el paraguas y dio un paso hacia atrás, como si temiera que yo la fuera a golpear tras su confesión. Me hubiera gustado hacerlo, pero me paralicé. La rabia me heló el cuerpo. Papá tenía muchas cosas que aclarar, esa absurda extravagancia, en nombre de un amor que jamás me confesaría como tal. Hice la finta de cachetearla solamente, tampoco me iría con la culpa de haberla atacado. Quiso retomar el paso pero justo cuando iba a hacerlo le metí el pie. Ella tropezó y fue a dar a un charco de rodillas. Entonces, en un hecho improbable, de película policiaca, sonó el teléfono público. No había nadie más a la redonda que ella y yo, la llamada era para mí, era papá.

—Estuve todo el día en el laboratorio. Me hice exámenes en tres lugares diferentes —dijo él apenas levanté la bocina—. Creo que puede haber un error y quisiera comprobarlo.

—¿Error? ¿A qué te refieres?

—Por eso me ausenté de la casa todo el día.

—¿Cuál es el error?

—En el diagnóstico. Creo que hay un error en el diagnóstico de mi enfermedad.

—¿Me estás diciendo que crees que estás sano?

VII

Era la primera vez que me paraba en una escuela de natación. Me gustó el olor a cloro y la apariencia limpia de los que estaban ahí. Hasta el acomodador de coches en el estacionamiento lucía como si hubiera salido apenas de la ducha con el cabello lustroso. Dejé mi credencial en la recepción, al lado de los gafetes de los bebés, que tomaban la clase en ese momento y eran de esos afortunados que aprenderían a nadar desde pequeños, no como yo. Las fotos tamaño infantil nunca me han favorecido, parece como si tuviera bocio.

Toalla, chanclas, *goggles*, tapones para los oídos y gorra listos. Comencé a respirar más rápido de lo normal. Llevaba años sin hundirme en el agua; sin ahogarme en una alberca. Yo que me he llegado a ahogar incluso mientras me baño. Las veces que me metí a una piscina alguien me sacó en brazos. Sentí un poco de pena por mí. Estiré la gorra desde adentro con ambas manos y cuando quise ponérmela salió disparada por los aires.

En la zona de albercas ya estaban todos los que serían mis compañeros de clase. Puras adolescentes. ¿De dónde habían salido?, si en los vestidores no vi a nadie. ¿O porque eran jóvenes y tenían hermosos cuerpos llegaban de la calle en traje de baño listas para echarse clavados apenas entrar? Me alivió saber que no sería la más torpe. Aunque esas jóvenes supieran nadar mejor que yo, el tamaño de sus articulaciones, más grandes de lo normal para su edad, las volvía lentas. La lentitud adolescente.

Al silbatazo del maestro, un moreno de colita, las jóvenes brincaron al agua al mismo tiempo. Sólo yo quedé afuera, como la aprendiz menos habilidosa en la historia de la natación. Nadie me dijo qué hacer, entonces entré a tientas al carril de la orilla. Las demás calentaban ya con cinco combinados adentro de la alberca. Pensé en todos los problemas que tendrían esas niñas al crecer. Las que hacían dorso y mariposa desarrollarían lesiones en los hombros; las de pecho, dolores en las rodillas. Eso dicen los médicos del deporte. Por eso mejor empecé el calentamiento con la tabla, para nada por mi falta de pericia.

Nadie imagina las congojas de un neófito en natación cuando comparte el carril con un nadador libre. Ir delante del que nada mejor puede ser muy angustiante. La tabla te mantiene a flote mientras pataleas pero te deslizas con bastante lentitud. En eso pensaba mientras el nadador más rápido del oeste me pisaba los talones con sus brazadas. Me puse entonces el objetivo de llegar al otro lado de la alberca sin detenerme. No quería parecer poco ducha a los ojos de mi nuevo compañero de carril. Pero a la mitad del camino, las chicas de las vías aledañas empezaron con mariposa.

Ahogarse es un ardor repentino en la garganta. Cierta cantidad de agua ha cerrado el conducto que posibilita la respiración. El dióxido de carbono atrapado provoca la sensación de asfixia. Escuece al expandirse mientras intenta escapar. El sonido del ahogamiento es una nota grave y repetitiva. Como si hubiera ocurrido una explosión. Los jadeos sin aliento: las ondas expansivas. Tiré con violencia de mi traje de baño a la altura del pecho porque me estaba quedando sin aire. Las que hacían mariposa habían lanzado grandes chorros de agua, obligándome a luchar por mi vida cuando apenas iniciaba mi recorrido. Ni siquiera podía toser. No vi al profesor por ningún lado. Entonces el nadador más rápido del oeste sujetó mi cabeza incontrolable y lanzó un soplido a través de mis fosas nasales.

—Perdón por interrumpir tu rutina —dije entre sollozos a mi nuevo salvador, de camino a los vestidores.

—¿Necesitas que te acompañe? —preguntó, señalando otros vestidores que yo no había visto antes.

—Descuida —seguí y entré como si nada a su lado al vestidor de hombres. Él me miró oblicuamente, un poco sorprendido.

—En esta alberca entrena el equipo de nado sincronizado —añadió una vez adentro, aliviado por la ausencia de hombres desnudos en el vestidor—. Soy Óscar, el entrenador —me tendió la mano y se quitó la gorra y los *goggles*, dejando al descubierto su verdadera identidad. Era el profesor moreno de colita de nado sincronizado.

—Encantada —correspondí con una mano y con la otra jalé mi maleta, como si fuera natural que una mujer ocupara un locker en el baño de hombres. Salí del vestidor con lentitud, disimulando el nerviosismo. Todo había salido mal. En mi entrada triunfal a nadar me había equivocado de alberca y me metí al vestidor de ellos, con razón no vi a nadie cuando llegué.

Una vez afuera corrí lo más rápido que pude hacia los vestidores que me tocaban, con la sensación de que la escuela debía mejorar su señalética, aunque tal vez la culpa había sido mía. Atrás de mí entró también una mujer, diciendo que le habían robado su ropa. De talla tan corta, sin llegar a ser la de un enano, partes de su cuerpo, en cambio, lucían más grandes de lo normal. Los ojos, las caderas y los dedos parecían pertenecerle a otra persona de una estatura mayor. Seguía escurriendo agua cuando nos dio la noticia con una voz entrometida, que se metía a la fuerza por los huecos de nuestras conciencias. La mayoría ahí adentro se lavaba el pelo o se enjabonaba el cuerpo. Ella traía el traje de baño puesto y una pequeña toalla sobre los hombros, lo único que le quedaba para cubrirse tras el supuesto robo de sus prendas. Llevaba unas horas apenas en el deportivo y ya me habían ocurrido algunas cosas inesperadas, y ahora esa voz. Me metí al baño, como si con eso pudiera guarecerme de ella, pero ahí estaba otra vez su fastidioso sonsonete. Sentí que de algún modo se lo merecía, por andar hable y hable y no fijarse dónde dejaba sus cosas, era una descuidada. Tal vez también fuera que me estaba vengando con ella por lo que me había pasado a mí.

Ninguna de esas mujeres, que parecían sus incondicionales y que siempre estaban con ella cuando se trataba de armar la fiesta, le tendieron la mano. Se lo ganaba por ingenua. Yo jamás hubiera contado que perdí mi ropa. Me habría resignado, antes que demostrar a los demás que había fracasado en la vida de esa manera. Era obvio que ese espacio era para ella toda su vida. El único momento en el que lograba olvidarse de lo aburrida que estaba en general. Terminó su relato y se hizo el silencio. Ninguna le dijo que se tranquilizara, que todo estaría bien, que seguramente alguna de nosotras había guardado su ropa en su maleta por equivocación. Si acaso una hizo el intento de compartir su dolor, contando que a ella le habían cambiado el traje de baño suyo por uno más viejo mientras se enjuagaba el cloro en las regaderas.

Tuvo que consolarse sola y responderse a sí misma que no le quedaría de otra que salirse a la calle en traje de baño. Mi regocijo iba en aumento conforme ella misma veía con claridad lo que iba a tener que hacer por ser tan despreocupada. No le ofrecería ninguna de mis prendas sino hasta que se humillara realmente y saliera así, aunque fuera unos pasos, afuera del deportivo. Me pregunté si las demás, supuestamente sus amigas, la pondrían a salvo antes de que yo tuviera que hacerle ese favor. Porque si eso pasaba entonces mi satisfacción sería aún mayor, evitándome la pena de ser solidaria con una persona a la que despreciaba por sus proporciones corporales y su voz, o eso creía yo. Tal vez hubiera algo más que me irritaba de ella.

Cuando salí de la regadera ya se habían ido las demás. Ella seguía ahí, sentada en una banca, secándose el traje de baño como podía con su diminuta toalla. No iba a ayudarla; el uniforme para nadar le cubría el cuerpo lo suficiente como para necesitar ponerse algo más encima. Era completo y le llegaba hasta las rodillas. Si ella era inteligente debía irse de ahí cuanto antes. Sólo quedaba yo como testigo, nadie más sentiría lástima al verla caminar por la calle en traje de baño. Quienes se la toparan afuera estarían demasiado ocupados en sus cosas como para preguntarse sobre lo que llevaba puesto. Pero al parecer no tenía intención de marcharse pronto. Seguía esperando a que la ayudara y tal vez hubiera podido hacerlo porque yo traía un suéter que le habría cubierto la espalda; sin embargo, lo eché hasta el fondo de mi mochila. Entonces me percaté, por primera vez en todo ese rato, que me sentía muy enojada sin motivo. Ahora que lo escribo, tal vez ella me recordara a mamá, a su descuido.

—¿Tú no tendrás una playera que me prestes? —la escuché y al oír su pregunta y su voz me enfurecí más.

—¿Perdón? —le di tiempo para que volviera a formular su pregunta o se arrepintiera. En tanto yo me tomaba el mío para calmarme y no contestarle que su problema no era el mío.

—¿Sí supiste que me robaron mi ropa? —no se arrepintió de consultarme a mí, la única persona que se había quedado ahí hasta el final porque naturalmente le importaba poco lo que le estaba pasando y no huía al sentirse apenada por no querer ayudarla. Comenzaba a molestarme su poca inteligencia. Le daría respuestas a su misma altura.

—Sí supe —la miré a los ojos, colgándome la mochila en los hombros.

—¿Y? —me retó.

—Me preguntaste si sabía de tu penoso incidente y ya te respondí que claro que sí —la reté—. ¿Qué más necesitas?

—¿No tendrás algo…?

—No.

Ni siquiera la miré para ver su reacción ante mi negativa. Me conduje con firmeza a la salida de los vestidores, donde me topé con la afanadora, quien ya venía a hacer la limpieza y a sacar de ahí, por fin, a esa pobre mujer. Tal vez ella sí le prestara algo para taparse, solucionando el problema en el que se había metido por sí sola. Le di los buenos días a la limpiadora y me fui. Una vez afuera del deportivo, tomé aire y, como si el llanto hubiera tenido la cortesía de esperarse adentro de mí el tiempo que estuve al interior de la escuela, ahora venía a cobrarme. Esa mujer del traje de baño tenía más suerte que yo, al menos ella sólo iba a tener que salirse a la calle y caminar por la acera en una prenda deportiva algo extravagante, pero eso jamás le volvería a ocurrir si aprendía de la experiencia. Qué fáciles eran las cosas para algunas personas. En cambio, en mi caso, no pude dejar de llorar, además de hacer el ridículo, la gente se volvía a mirarme, seguro pensaban lo que yo alguna vez había pensado de aquéllos que iban en la calle chillando. Una mezcla de pena y alivio por el ridículo que hacían y la suerte de no ser ellos en esos momentos. Esa mirada inquisidora me persigue desde el principio de los tiempos, por culpa de mamá. Yo también necesito ayuda y no hay nadie que me la dé. Papá se está muriendo y para eso no existe solución.

*

Los nuevos tienen una promoción: podemos llevar a un invitado con nosotros una vez. Los dueños del deportivo idearon una forma novedosa para hacerse de nuevos suscriptores. La única persona a la que yo tenía para invitar era papá, pero no sabía cómo decirle que podía acompañarme a la alberca un día. Estábamos en la sala de espera del hospital cuando se me ocurrió traer el tema a colación.

—La otra vez me estaba acordando de cuando fuimos al balneario —comencé a explorar el terreno.

—¿Cuándo, tú?

—Cuando mamá se fue.

—Ella decía que los hombres que valen la pena saben manejar un auto en carretera y nadar en el mar. Yo nunca aprendí a hacerlo.

—¿Qué de las dos?

—Ninguna de las dos.

—¿Por qué?

—Pues nada más.

—¿Le tienes miedo al agua?

—Nunca le tuve miedo al agua.

—¿Entonces?

—Pues es que la mayor parte del tiempo la pasamos afuera del agua, así que no me pareció que nadar fuera algo útil para mí.

Papá dobló el periódico, como quien se dispone a explicar algo importante, para lo cual necesita deshacerse de los distractores. Se arrellanó en el sillón, dio el último trago de agua a su botella y comenzó:

—En casa de tus abuelos había un estanque. Era circular y tenía un pequeño trampolín. Nunca lo usé.

—¿Qué de los dos?

—Ninguno de los dos. Bueno, el trampolín lo usaba para otras actividades distintas a las de lanzarse desde ahí.

—¿Como cuáles?

—Cuando tu tío murió me quedé sin nada que hacer. Con él caminaba, corría, tocábamos la tierra, hacíamos actividades terrenales. Pero él desapareció, como desaparecen las aves, como si se hubiera ido volando a otro lugar. Finalmente optó por las destrezas aéreas. De algún modo me sentía en deuda con él. Yo quería ser como él, era mi hermano mayor. Entonces me propuse despegar los pies de la tierra, elevarme siempre que pudiera. Balanceándome en un trampolín, por ejemplo.

—¿En un trampolín?

129

—Sí, como en un pasamanos. Me ponía debajo de la plataforma y me colgaba.

—¿Y luego te lanzabas de ahí al estanque?

—No.

—¿Entonces?

—Sólo medía mis fuerzas.

—¿Cómo que medías tus fuerzas?

—El chiste era resistir lo más que pudiera colgado de ahí y luego treparme de nuevo al trampolín. Caer al agua era como fracasar para mí.

—¿Te caíste muchas veces?

—Ninguna.

—¿Pero sí te metías al estanque de vez en cuando?

—Nunca.

—¿Por qué?

—No te digo que meterme al agua era como rendirme —la enfermera lo llamó para entrar a terapia.

A esas alturas me parecía más complicado que él aceptara acompañarme a la alberca. De todos modos se lo diría; no quería perder la oportunidad que nos daban en el deportivo de estrechar nuestros lazos a través de una actividad recreativa. Con el paso de los años he comprendido que debemos aceptar las ofertas que nos hacen en la vida, porque desconocemos cuándo nos las volverán a ofrecer. Creemos que las oportunidades estarán ahí para nosotros eternamente y por eso las desdeñamos, poniendo cualquier pretexto. Casi siempre falta de tiempo. Pero entonces llega el día en que nos damos cuenta de cuánto necesitábamos aquello que estuvo frente a nuestros ojos y, en su momento, ignoramos. Si quería convencer a papá de que fuera a nadar conmigo iba a tener que hallarle una utilidad a todo eso, porque, al parecer, él sólo realizaba actividades que le resultaran provechosas.

Venía acompañado de la misma enfermera que se lo llevó, de quien se despidió de beso y una sonrisa. Habían pasado los cinco minutos exactos que duraba su terapia. Cada vez que esa puerta del fondo se abría todos los que estábamos en los sillones nos volvíamos a ver quién salía. El que fuera se sentía observado y resolvía mirar a los que lo miraban, lanzando una sonrisa y despidiéndose con la mano. No habían intercambiado nunca ninguna palabra entre ellos, pero compartían la misma condición y eso de alguna manera los hermanaba. Así lo hizo papá, sonrió y ondeó la mano al ritmo de la despedida.

El sol brillaba tanto que el paisaje parecía más limpio de lo normal; el viento corría con intensidad, estábamos rodeados por enormes edificios altísimos de un lado y de otro, que provocaron corrientes de aire que nos despeinaron. Papá llevaba bufanda, aunque no hiciera frío. No podía enfermarse ahora de los bronquios porque si eso ocurría sus médicos debían interrumpir el tratamiento hasta que estuviera sano, y ya sabíamos bien las consecuencias de algo así. Abordamos el coche.

—¿Te gustaría ir a nadar mañana conmigo? —le solté la pregunta tal cual. Por más que pensara en la mejor manera de hacer la invitación, jamás daría con ella.

—Claro.

*

Mientras me ponía el traje de baño, la de la limpieza entró a los vestidores y gritó mi nombre. Que un señor me buscaba afuera. Jalé mi bata y me enrosqué como pude lo más pronto posible. Se me aceleró el corazón; qué era lo que pasaba, había quedado de verme con papá en las gradas de la alberca cuando los dos estuviéramos listos y en chanclas. Era eso. Lo vi envuelto en una toalla que le llegaba a los tobillos, no traía chanclas sino su par de tenis. Me miraba desde ahí como un niño.

—Acá podemos comprar unas, pa —lo tomé del brazo y lo conduje al local donde había adquirido el primer día

131

mi atuendo para nadar. Papá se detuvo a medio camino y se apoyó en la pared del pasillo. Los vidrios estaban empañados.

—Es que tampoco tengo el uniforme adecuado para meterme —susurró, mirando a su alrededor, como si quisiera que nadie se enterara.

—Ah, no. Aquí usamos el traje de baño que queramos.

—Lo olvidé. Todo lo olvidé.

—¿Cómo que lo olvidaste?

—El traje de baño. No traje ninguno en la maleta.

—¿Qué dices, papá?

—Soy un tonto. Es eso. Perdóname, hija.

—¿Pero qué pasó?

—No pude recordar esta mañana adónde vendríamos hoy.

—Pero me pudiste haber preguntado.

—Te vi tan contenta que no quise echar a perder todo con mis tonteras.

—Pero ¡y la maleta! ¿Qué traías entonces en la maleta?

—La toalla. Esta toalla.

Al decir eso, papá se descubrió un poco el cuerpo y noté que estaba desnudo.

—Papá, por Dios, ¿adónde creíste que íbamos?

—Me pareció que iríamos a desayunar. Por la hora, digo.

—¿Y la maleta?

—La tomé porque tú me dijiste que no la olvidara. Pensé que traías algo importante.

—Te dije ayer, papá.

—Pero yo ni sé nadar, hija.

Los vidrios empañados cerca de nosotros comenzaron a escurrir el agua por el calor de las palabras que nos decíamos. Tuvimos que hacernos a un lado pues las personas pasaban cerca algo molestas; estorbábamos en su camino hacia la piscina. Ahí estábamos, veinte años después, padre e hija

132

en su antigua batalla contra el agua, perdida antes de iniciar, y todo el mundo de testigo, como aquel día en el balneario. Corrían suaves ráfagas de aire frío ahí y también en nuestro pasado.

—Ponte tu ropa, papá. Nos vemos afuera ahorita —le dije más preocupada que enojada. Su actitud me desconcertó. Él jamás habría olvidado algo así.

Los vestidores olían a un champú que me picó la nariz. Agarré mis cosas y me puse el pants encima. No tenía ganas de contarle a nadie las razones por las que me marchaba sin meterme al agua siquiera, porque ni yo misma entendí bien lo que había pasado. Mientras me amarraba las agujetas sentada en la taza de baño, escuché la voz de la misma mujer de siempre. La enana ahora le decía a quien fuera, porque le contaba cosas a quien se dejara, que era igual de rápido hacerse de buenos hábitos que de malos, si queríamos triunfar en la vida todo era cuestión de disciplina hacia los hábitos positivos y de indisciplina hacia los negativos. Esta mujer había despertado aquel día con ánimos de adoctrinar a su clase de natación. Me dirigí hacia ella a escupir:

—Pues a ti te hace falta un poco de disciplina en el buen hábito de poner atención. Por eso se te pierden las cosas. Se te va la vida en hablar y hablar como perico sin decir nada. Te distraes todo el tiempo y eso no te llevará a ningún lado más que a hacer el ridículo —como yo misma lo estaba haciendo en esos momentos al ponerme así. Azoté la puerta de los vestidores y me fui. Era como si le gritara a ella todo eso que hubiera querido reprocharle a alguien más importante para mí. Ella qué. Su vida me importaba un pepino.

Papá estaba sentado en una banca frente a la recepción con la maleta entre los pies. Miraba a todos lados como si quisiera reconocer dónde se encontraba. Era un lugar nuevo para él. Me detuve a propósito unos momentos a observarlo desde lejos: quise desentrañar su misterio. Si lucía diferente a como era siempre, pero está casi igual, acaso un poco más flaco. Es conmovedor cómo parece un hombre normal mientras sus propias células juegan pesado con sus órganos. En cambio, mi confusión era evidente y sonaba como las olas del mar contenidas en una pequeña alberca a la que él y yo habíamos asistido, pero a la cual nunca pudimos entrar. Me acomodé a su lado sin quitarme la mochila de la espalda y eso me hizo quedar mal sentada, como si estuviera a punto de salir disparada como proyectil.

—¿A qué hora tienes tu terapia? —le pregunté cuando en realidad quería preguntarle cómo se sentía. Pero no me atreví porque tuve miedo de que me contestara que no muy bien.

—A las once, como siempre.

Miré el reloj de plástico frente a nosotros. Íbamos tarde. En mi afán de llevarlo a nadar conmigo a como diera lugar, olvidé que las terapias de papá eran a esa hora, y que de haber entrado a la alberca él habría perdido la sesión de esa mañana por mi culpa. Porque él jamás hubiera protestado por eso: no quería quitarme la ilusión. Lo que a papá le pasa es que tiene la cabeza ocupada en el tratamiento; lo que me pasa a mí es que me estoy cansando.

*

Eché de menos a Minolta por primera vez. Verla de nuevo me parece una mejor idea ahora que me reencontré con mamá y confirmo que nunca me quiso. Salir los tres, como en los viejos tiempos; jugar Scrabble, ahora sí con un tablero oficial y sus fichas de plástico ahuesado. Tal vez ella también se encontrara pensando en nosotros. Seguro papá tiene guardado por ahí algún dato sobre su paradero y aunque me duele ocultarle cosas, voy a esculcar en sus pertenencias, sin que él sepa, es la única opción para dar con pistas de aquella mujer que iluminó fugazmente nuestro pasado porque dudo que quiera dármelas por sí solo si se las pido. Papá ha acumulado tan poco a lo largo de su vida que en una de esas desechó cualquier viso de Minolta.

Metido en un calcetín hecho bola, en el cajón de la ropa interior, apareció el pequeño monedero, un cuadrado negro con cierre, del que papá extrajo los diez pesos que me dio hasta la secundaria; porque en la prepa aumentó el monto y ya lo tomaba directamente de su cartera. Hurgué un poco más y en la parte de la gaveta en la que la búsqueda cotidiana ya no alcanza a llegar, hallé lo que buscaba al interior de una caja con un rótulo que me dio risa: «Cosas que no sirven pero que no se tiran». Era una carta para Minolta. Lo sabía. Según la dirección del sobre, la casa de la antigua novia de papá está muy cerca de la nuestra. Al misterio de la huida de Minolta se suma ahora el hecho de que vive prácticamente a la vuelta de nosotros. No quise leer la esquela por pudor, pero la llevaría conmigo para dársela a ella, le pertenecía.

Como me parecía una grosería presentarme de la nada en su puerta, pasé a la pastelería a comprar unos bocadillos. Minolta vive a un lado de la tienda de productos de limpieza donde papá suele comprar sus enseres domésticos. No puedo creer que jamás se hubieran visto de nuevo. Él me lo habría dicho. Bueno, tal vez no, con la resurrección de mamá en los recientes días, era evidente que papá podía guardarse información importante toda una vida. Dios, estaba tan nerviosa. Al quedar frente a su número me pasé de largo. No me atreví a la primera a tocar a su puerta, pero quién se atreve a la primera cuando sus recuerdos están en juego. Di una vuelta a la manzana y en el camino me encontré con un vecino, que me preguntó sobre papá. El hombre se convirtió en el perfecto distractor del que iba a ser uno de los momentos más importantes de mi vida. Me detuve unos segundos, para hacer tiempo, y le respondí que él se encontraba bien. Al reiniciar la marcha me crucé la calle, de vuelta a casa. No fui en esa ocasión a ver a Minolta. Me faltó valor.

Las letras grabadas en una placa dorada refulgieron, deslumbrándome. Me volví movida por la luz. Leí lo que decían y conforme avanzaba los ojos por ellas una tonadita conocida surgió en mí como si me hubiera tomado por asalto. El canto se desprendió de mis labios como un recuerdo: «Muy adentro, en el templo de mi veneración, oigo y siento contento latir mi corazón». Era el «Toque de bandera». La canción que musicalizó mi momento favorito de la infancia: la ceremonia patria. Levanté la mirada a la casa en cuya fachada estaba la placa. Una construcción blanca de principios de siglo, con largos ventanales. Parecía hecha de bloques colocados de distintas maneras y en diferentes direcciones. Imaginé sus recovecos al interior. Ahí había vivido la profesora Xóchitl Angélica Palomino y Contreras, autora de la letra. Supe quién fue la maga que hizo aparecer ese día a la escolta de mi escuela frente a nosotros, para apreciar su recorrido sin ninguna equivocación. Seguramente ella misma iba a escuchar de vez en cuando su propia obra cantada por los niños, afuera de la primaria.

Puse las pequeñas tartas de fruta que había comprado en el refrigerador, con suerte papá ni siquiera las vería y las podría llevar con Minolta al día siguiente, aunque la verdad lo veía poco probable porque él es un glotón. Al cerrar el viejo electrodoméstico planeó una fotografía que se sostenía antes de ahí con imanes, en la que aparecemos papá y yo. No reparé en ella al abrir la puerta. Me extrañó. Nunca había visto una imagen de nosotros. Pensé que no teníamos una sola juntos. En realidad, él sale a medias, sólo se le ven las piernas, de las rodillas para abajo. La que ocupa el encuadre soy yo, postrada a sus pies con las manos en forma de rezo, me carcajeo. ¡Vaya! ¿Cuánto tiempo llevaba esa foto ahí? Tal vez fuera una aparición. Parece que le pido perdón por algo, como si le rogara que me levante una sanción, pero eso no hubiera sido posible porque papá siempre fue indulgente conmigo. Nunca tuvo que castigarme para que yo aprendiera a obedecerle porque me convencía de formas más sutiles, dándome juguetes que yo le pedía, por ejemplo. De niña fui manipuladora y de grande sigo siéndolo a veces. Papá condicionó mi obediencia a lo material porque me amaba. «La mejor educación es el amor», repetía cada vez que alguien lo increpaba por consentirme, y lo decía con un exceso de optimismo probablemente, pero era así porque lo pensaba de verdad. Estoy hincada ahí, pidiéndole que me compre algo. Él sale del baño; con el tiempo me di cuenta de que ése era uno de sus momentos de mayor fragilidad, a la salida del baño, cuando siempre lograba convencerlo, y lo usaba a mi favor.

—A que no te acordabas de esa foto —dijo papá al entrar en la cocina. Me sorprendió.

—Estaba tratando de acordarme, precisamente. ¿Siempre estuvo aquí? Creo que no la había visto antes.

—La encontré por ahí entre mis cosas —abrió el refrigerador. Era hora de cenar.

—¿Quién la tomó?

—Una amiguita mía de antes —sacó la caja de pastelillos—. ¡Qué rico!

Tal vez fuera Minolta. Pero me parecía demasiada coincidencia.

—Si me muero, voy a extrañar dos cosas muy especialmente —dijo con la boca llena de masa y zarzamora—. En primer lugar —apenas podía hablar del frenesí al comer los bocadillos de Minolta—: ¡estos deliciosos postres que trajiste hoy!

Papá debe conservar su peso durante el tratamiento porque la dosis del medicamento que le administran está calculada en función de los kilos que tiene. Pero eso al parecer no le importó en ese momento. Se metió a la boca dos al mismo tiempo. No es que fueran grandes, pero tampoco eran pequeños. Siento que fue un error ponerle tan cerca una tentación así.

—En segundo lugar, te voy a extrañar a ti.

—Me halaga ocupar ese puesto en tu corazón, ¡eh!, después de los pasteles.

—Es cierto eso de que cuando uno muere ve su vida pasar frente a sus ojos.

—¡No te pases, papá! No puedes saber eso.

—¿Cómo sabes?

—Porque no te has muerto.

—¿Y qué me dices del día que me dijeron que estaba enfermo?

Cerró la caja de tartas y la arrimó hacia mí, como si se hubiera acordado de pronto de su condición, que le impide comer cochinadas en exceso. Puso dos vasos en la mesita de la alacena y les vació un poco de leche. Levantó el suyo por todo lo alto:

—Amo esta secreción nutritiva y blanquecina de las mamíferas. Será lo tercero que extrañe —se bebió la mitad de la leche de un jalón, como si fuera caballito de tequila. La puede tomar como si fuera jugo o como bebida embriagante. La consume en lugar del alcohol, que nunca le ha gustado.

—Ese día pensé en ti. En lo orgulloso que me siento ahora de tener una hija como tú.

—¿Ahora?

—Pues es que no me había pasado nunca.

—¿Que pensaras en mí?

—Sentirme orgulloso de ti.

—¿O sea que siempre te habías sentido deshonrado? —reí nerviosa.

—No quiero que me malentiendas.

—Pues explícate mejor, porque ya me estoy enojando —abrí la caja de bocadillos de nuevo. Prefería acabármelos yo, antes de que él lo hiciera.

—Lo que pasa es que uno como hombre siempre espera tener un hijo varón. Un niño que honre su género cuando el padre ya no esté. Así que el día que te vi por primera vez en la vida me decepcioné.

—No acudas a los lugares comunes, papá —tomé una tarta de pera y la mordí.

—No, espérate, no me decepcioné de que fueras una niña, sino porque me di cuenta de lo feos que son los recién nacidos.

Casi escupo el bocado al pegar la carcajada. Que papá sea un hombre callado la mayor parte del tiempo no quiere decir que no tenga claro lo que le gusta y lo que no, y cuando algo le disgusta lo dice sin temor. Eso me ha puesto contenta porque me revela otra faceta suya, la de un padre en tercera dimensión. Con la risa se me escurrieron las lágrimas, que en poco tiempo se convirtieron en el llanto de otra emoción.

—He intentado llevar esto de la mejor manera, papá —sollocé.

—Lo has hecho mejor que yo, mi amor.

—¿Estás asustado?

—Mucho.

—Yo igual.

Papá abrió la puerta del horno, que nunca hemos usado, me pregunté qué sacaría de ahí, porque hasta entonces me di cuenta de que ni siquiera habíamos hecho el intento antes de explorar esa parte de la estufa. Eran unas láminas del tamaño de un pliego de cartulina. Las extendió al lado de la caja de canapés, en el mueble de la cocina. La primera era una ilustración anatómica a todo color de los rostros de dos mujeres a las que prácticamente se les habían botado los ojos de las cuencas, que papá descartó de inmediato al verlas. La imagen me dio el mismo miedo que parecían tener ellas, a juzgar por esas pupilas dilatadísimas. La segunda mostraba a un hombre de cuerpo completo con los puños cerrados y una mueca de coraje que apenas podía con ella, la quijada trabada y los ojos igualmente abiertos como los de las mujeres anteriores. La pelvis y el torso estaban en disección, abiertos para ver sus órganos. Papá pasó la ilustración que parecía de una historieta cualquiera y revisó la última. Correspondía a otra cara, esta vez la de un niño que se notaba algo afectado, a juzgar por sus rasgos. El dibujo de su rostro era asimétrico, la boca y los ojos se le iban de lado, parecía babear. Papá regresó al dibujo del hombre enojado.

—El problema se encuentra aquí —señaló a la altura del pubis del sujeto—. El objetivo es dañar las células que se han reproducido de más en esta zona —siguió con el dedo la trayectoria de algún órgano en el cuerpo de ese hombre pintado—. Es muy simple. Los rayos que me ponen a diario son los mismos que se usan para tomar las radiografías. No hay nada de qué asustarnos.

—¿Qué son estas cosas, papá?

—Imágenes de Netter.

—¿De qué?

—Netter, Frank Netter, que primero fue médico y se volvió dibujante después.

—Dan un poquito de miedo.

—Es curioso porque los médicos las usamos para explicar de un modo gráfico a los pacientes sus padecimientos que son más bien abstracciones. Cuando ven sus males en concreto, en un dibujo anatómico, se sienten más tranquilos a que si sólo se los describes. Así que en teoría deberían sentirse menos asustados.

—Pues si las usas conmigo, yo sí me espanto. Parecen personas reales.

Tomé la lámina que él había usado para hablar de su propia enfermedad ante mí; quería leer lo que decía en letras pequeñas. A falta de una imagen más apropiada, papá había usado una que exponía las transformaciones físicas y químicas en el cuerpo cuando se experimenta un ataque de ira. Al tal Netter ese le interesaba hacer fehaciente que los pacientes son seres humanos, no meros modelos anatómicos o cadáveres. De modo que sus ilustraciones los ponían en situación, lo mismo en medio de un paro cardiaco o una reacción alérgica que al sufrir ojos saltones o exoftalmos por alguna enfermedad, y las secuelas en el rostro de una encefalitis, como eran los otros dos casos de los esquemas que papá guardaba en el horno de la estufa. No sé cuánto han consolado a los enfermos estos diagramas a lo largo de la Historia, pero a mí no. Me puse un poco nerviosa y mejor jalé a papá frente a la caja de canapés que estaba al lado. Lo que estaba a punto de confesarle ameritaba que él se quedara con todos los bocadillos que quisiera:

—Siempre repartí en partes iguales mis pertenencias —empecé.

Le di un bocadillo a papá y uno me quedé yo. Él se lo llevó a la boca de inmediato. Le habían gustado mucho.

—Todo lo que tenía era, primero, para mí... —seguí con la demostración.

Tomé otro pastelillo yo, que puse al lado del anterior sobre la mesa.

—Luego para ti...

Le acerqué otro canapé, esta vez sí lo masticó un poco antes de acabárselo todo.

—Y al final para mamá.

Me detuve en la repartición.

—Pero he descubierto en estos días que si mis cosas las comparto sólo contigo nos toca más a cada uno.

Tomé una tarta y se la puse a papá en su plato, también me serví una más; partí otra en dos y las mitades las compartí entre él y yo.

—Ahora sé que puedo dártelo todo a ti.

Junté los bocadillos restantes en la caja con los míos y se los ofrecí a papá.

—Porque tú nunca te quedaste con nada de lo que tenías, todo me lo diste a mí.

Me sentí más tranquila después de acabarnos los piscolabis esa misma noche. Quien nos hubiera visto comer con

141

tantas ganas como lo hicimos habría pensado que teníamos la vida resuelta, sin preocupaciones. Y no se habrían equivocado porque sí, por lo menos anoche, papá y yo fuimos felices.

—Cuando te vi por primera vez, supe que eras un tesoro caído del cielo.

—Yo te necesitaba a ti.

No recuerdo quién de los dos dijo esto o si fuimos los dos al mismo tiempo en una sola voz.

*

Si no quería que papá se acostumbrara a la repostería fina y cara iba a tener que comprar galletas. Algo que nos durara más y tuviera menos grasa si terminábamos comiéndolas los dos, en caso de que yo no hubiera podido acercarme a Minolta otra vez. Mientras pagaba en la pastelería, fantaseé con la posibilidad de que esa mujer del pasado tampoco se hubiera casado y que, pese a no vernos durante tanto tiempo, podríamos entablar una conversación acerca de eso. Que compartíamos algo más que una ausencia.

Era una casa roja con verjas gruesas en las ventanas y tejado de dos aguas. Una preciosa reliquia en medio de los edificios desechables levantados a lo largo de calles sepultadas en escombros, por la explosión inmobiliaria. En vez de timbre tenía una campana. Tiré de ella y ahí estaba Minolta, de inmediato, frente a mí, casi rozando con la cabeza el quicio de la puerta. Aun así me pareció menos gigantesca. Seguía siendo esa hermosa jirafa galáctica y, por supuesto, yo seguía siendo, a su lado, la domadora enana del circo terrestre, pero ahora ella iba pareciéndose a una rama. Nos quedamos como asustadas unos segundos, luego ella habló:

—¿Abigaíl? ¡La tremenda Abigaíl! ¡Mírate! ¡Qué preciosa eres! —exclamó con las manos, mientras entrecerraba los ojos, para enfocarme en su campo visual.

—Soy la hija del señor Rafael… —le di mis datos de identificación, aunque era obvio que ella sabía quién era, pero yo estaba nerviosa y fue lo único que se me ocurrió decir.

—Claro que sé quién eres, linda. Pasa, anda —me extendió su mano delgadísima. Tenía las uñas largas pintadas de un color sideral. Respondí a su llamado y le entregué las mías, las dos manos. Nos encaminamos hacia adentro y yo pensé que los viejos tienen la piel muy fría—. Disculpa que tarde tanto en desplazarme, pero como podrás darte cuenta soy una vieja lenta —Minolta daba un pasito tras otro, deslizando los pies con firmeza. Parecía mayor que papá, tal vez lo fuera.

—Pensé que no la volvería a ver —le confesé inmediatamente, como si llevara años esperando decírselo sin siquiera yo saberlo. Ella se rio y carraspeó un poco, como si no hubiera hablado en mucho tiempo.

—Yo sí te he visto varias veces de lejos. Pero ahora, de cerca… ¡Eres bellísima!

Nadie que no fuera papá me había hecho antes comentarios positivos sobre mi apariencia y eso me hizo sentir tranquila. Minolta, papá y yo hubiéramos formado una linda familia. El lugar olía a creolina y a polvo, como huelen las casas de los viejos. Llegamos a un pequeño patio triangular iluminado y ella me señaló la silla en uno de los vértices, donde no pegaba mucho el sol. En las otras puntas del polígono, donde el astro retozaba, había macetas con geranios color chicle que de tan rosas parecían brillar casi fosforescentes. A Minolta se le dan las flores y las plantas. Le pregunté si no quería que la ayudara con algo. Al final yo había llegado sin avisar. Entonces recordé que traía unas galletas y se lo avisé subiendo la voz descontroladamente. Abrí la caja y me comí una para apaciguar los nervios. Casi al instante me di cuenta de que estaba siendo grosera al no ofrecerle una y ella tomó la suya cuando le acerqué el paquete, se la llevó en la mano todo el recorrido. Alguien apareció en las escaleras:

un hombre más o menos de su edad, con un bastón. Me miró, dijo «Buenas tardes», y se volvió hacia ella desde las alturas por si tenía algo que decirle acerca de mí. Quise pensar que era su hermano, pero no se parecían en nada; en un escalofrío supe que se trataba de su esposo. No quería causarle ningún problema, quién era yo para entrar a una casa ajena a dar noticias de personas del pasado, trastocando la tranquilidad en la que ellos vivían. Me disculpé, diciéndoles que me marchaba.

—No tienes que hacerlo, cariño —dijo Minolta con una charolita plateada sobre la que había dispuesto su galleta y dos tazas floreadas. Sólo dos. Al parecer, el hombre que había hecho añicos mis esperanzas nos dejaría en el patio a solas—. Te presento a Fran.

—Qué tal —moví la cabeza hacia adelante en gesto de saludo. Él acompañó la misma mueca con la mano.

—Es mi esposo.

—Oh —me incorporé como pude, tenía que irme de ahí.

—Él sabe de nosotros, tranquila —dijo Minolta, moviendo los brazos.

Al escucharla sentí que mi corazón, un jarrón con flores hermosas como las de aquel jardín triangular en el que estábamos, se estrelló en el suelo, rompiéndose y volando las astillas a nuestro alrededor. Los vi, a ella y a Fran, a través de las fisuras de ese cristal, deformes, pantagruélicos.

—¡¿Qué derecho tiene este señor de saber sobre mi vida?! —rugí.

Agarré de un tirón la caja de galletas, esparciendo algunas sobre el piso. Corrí hacia la puerta con las que quedaron, aprovechando que podría escapar si quería porque ni Minolta ni aquel hombre podrían alcanzarme. Eran tan viejos. Me dieron lástima. Papá y yo éramos mejores que ellos. Nada ni nadie podría echar abajo nuestros planes. Apenas cerrara esa puerta me olvidaría de toda esta locura, de Minolta y de lo bueno que hubiera sido que fuéramos una familia.

—No sirve de nada que hagas esto, mi amor. Sabes que no podré detenerte. Mírame, apenas puedo moverme —dijo a lo lejos Minolta, con una voz temblorosa. Esto le estaba afectando a ella tanto como a mí. Era una rama a punto de caer de su árbol.

Ni siquiera volteé a verla, pero me detuve en la entrada con la mano sobre la manija. No podía creer el ridículo que yo estaba haciendo. Ya no era la niña que Minolta conoció, pero parecía como si esa parte de mi vida se hubiera quedado con ella, y, de algún modo caprichoso, se despertara ahora otra vez en mí, para pasar a formar parte definitivamente de mis recuerdos. Tenía que preguntárselo, tenía que saber por qué nos había dejado para completar esas memorias. Si yo tuve la culpa en algo. No me podía ir sin decirle que papá estaba enfermo, que él la amaba. Sentí que me tocaba el hombro.

—Todavía tenemos tus fotos —no estaba segura de que la fotografía que papá había prendido en el refrigerador fuera suya, pero algo me decía que sí y que además era una buena forma de calmarnos.

Fran se retiró por donde llegó y nos dejó a solas en la sala.

—Te amo, Abigaíl —dijo ella, y yo pensé que nada como las palabras de cariño para apaciguar la incomodidad.

—¿Por qué nos dejaste? —hice la pregunta que de alguna forma lanzaba al universo y a mi propia madre también, por si ella alcanzaba a escuchar. Era un grito universal.

—Yo nunca quise dejarlos. Tanto que, mira, vivo a unas calles de ustedes.

—Pero, entonces, ¿qué te impidió cambiar nuestra vida, Minolta?

—Sólo respeté la decisión de tu papá.

—¿Cómo pudo ser tan tonto?

—Pero después volví. No quería presionarlo, así que busqué un lugar cerca de ustedes para vivir. Encontré esta casa. Realmente amaba a tu padre.

—¿Nunca te vio?

—Claro que sí.

—¿Entonces?

—Tiempo después me casé con Fran. Es un buen hombre y ha sabido quererme todos estos años —dijo Minolta, como si con eso cerrara la historia que me estaba contando, y también un capítulo en su vida y en la nuestra.

—Si hubiera podido elegir una madre la habría escogido a usted —volví a *ustedearla*, estábamos a punto de despedirnos para siempre y quién era yo para tutear con esa confianza a una persona mayor—. Veo que se le dan muy bien las flores y las plantas.

—Tan tremenda, intransigente y hostil, mi Abigaíl.

—¿Hostil? —solté la carcajada.

—No importó que la vida te hubiera arrebatado lo más querido, porque tú eras tan lista que todos te haríamos los mandados. Eso me gustaba de ti.

—Hasta usted me hizo los mandados, Minolta.

—¡Hasta yo! —nos reímos.

Debía irme. Mejor no le diría que papá estaba enfermo. Minolta ya ha sufrido lo suficiente, dejando ir de su lado al amor de su vida. No quería imaginar cómo se pondría si le decía ahora que él se estaba muriendo. Preferí que las cosas siguieran su curso, cada quien por su lado, como lo hicimos durante todo este tiempo. Uno no siempre puede ser el mago que cambie la trayectoria de los acontecimientos. Recordé la carta. Ésa sí se la daría; Minolta también merecía una respuesta. Nos despedimos con un beso y antes de cerrar la puerta le di el sobre.

VIII

Papá se animó a platicar con los hombres que aguardan su turno también en la sala de espera. Minutos antes de su encuentro definitivo, ellos permanecían como si ninguno hubiera visto al otro el día anterior, lo cual era imposible porque efectivamente habían estado juntos ayer en el mismo sitio. Eran hombres de los años cincuenta. Todos trabajaron desde temprano, fueron responsables y proveedores, admiraban la disciplina. En su juventud llevaron a los niños a la escuela, les compraron ropa, asistieron a sus festivales de fin de cursos, les pusieron límites a las horas de llegada a casa, establecieron normas de comportamiento, los regañaron cuando violaron las reglas, se informaron sobre sus amigos. Un padre de su generación podía controlar a toda la familia con sus silencios. A los varones de medio siglo que se reúnen a diario en esa sala de espera les gusta supuestamente el futbol y se sienten incapaces de llorar. Tenían una idea clara de lo que era un hombre y ser uno de ellos también significaba cierto aislamiento, privación y pasividad. Pero siempre hay uno más agresivo que todos y eso no es algo malo. Mostrar una espada no implica necesariamente pelear o lastimar a alguien, también puede sugerir firmeza. Es la energía de Zeus: inteligencia, voluntad y liderazgo. La autoridad masculina aceptada por el bien de la comunidad.

El más extrovertido de los tres, que también los supera en centímetros de estatura, se encontraba en medio de papá y de otro hombre, el menos alto de todos. Papá se aguantaba las ganas de orinar, cruzando y relajando las piernas alternadamente, con la mirada fija en las pantallas de la pared, donde repiten una cápsula informativa con las indicaciones para los pacientes acerca del lavado de manos al interior del hospital. Ellos deben cerciorarse de que su médico se las lave antes de explorarlos. Si esto no pasa, entonces hay que recordárselo y ninguno tiene por qué molestarse. Una enfermera los puso en contacto a partir de una equivocación, iniciando la complicidad entre ellos.

—¿Señor Miranda? —preguntó la mujer, dirigiéndose a papá.

—No… —respondió él, interrumpido por el verdadero señor Miranda.

—Yo soy el señor Miranda, Roberto Miranda, para servirle —levantó la mano el más menudo de los tres. El larguirucho seguía el intercambio con los ojos, de un lado a otro y sin ánimos de disimular.

—¡Oh! Disculpe, señor… —la enfermera volvió a dirigirse con la mirada a papá.

—Rafael Ángeles, mucho gusto —papá completó la información.

—Discúlpenme los dos, de veras, pero es que se parecen mucho.

El más extrovertido saltó del sillón y validó la percepción de la enfermera acerca del parecido entre el señor Miranda y papá.

—¿Verdad que sí? ¡Son dos gotas de agua! Luego llego aquí y al primer vistazo no logro identificar quién es quién. No sé si se han dado cuenta —vio primero al señor Miranda y después a papá—, por eso siempre me les quedo viendo un rato, para reconocerlos.

La vida moderna engendra interacciones competitivas, en las que las principales emociones son la ansiedad, la tensión, la soledad, la rivalidad y el miedo. ¿Qué hacen los hombres actuales después de trabajar? Reunirse en una cantina para mantener conversaciones livianas ante una cerveza. Carecer de una unión de alma con otros hombres puede ser una herida profunda que, en el caso de estos señores, se sanaría al menos un poco a partir de la conversación.

—¿Rafael? —preguntó con la cabeza el más extrovertido y papá asintió de la misma forma—, Rafael tiene los ojos más pequeños, pero sólo eso. Por lo demás son igualitos —explicó quien, a juzgar por su manera de aproximarse a los demás, desde siempre había tenido ganas de hacer amigos. O por lo menos no quería quedarse fuera del grupo que se había formado entre papá y el señor Miranda por un hecho fortuito.

—No se preocupe, señorita —dijo papá—. No es la primera vez que me confunden aquí con el señor Miranda. Su compañera lo ha hecho por lo menos en dos ocasiones —señaló a la recepcionista.

—Le doy toda la razón al señor Ángeles —se sumó Miranda—. Ella también me ha confundido con él.

La recepcionista bebía jugo de naranja en su lugar y ni siquiera se dio por enterada.

—Si quisieran hacerse pasar por el otro bien podrían hacerlo, pero en su caso, qué sentido tendría, ¿verdad? —lanzó una gran carcajada el más meticho de los tres.

Papá no estaba seguro de haber entendido lo que aquel hombre decía al respecto de su parecido con el señor Miranda. Algo le hacía pensar que se refería a que siendo los dos tan iguales físicamente podrían intercambiar identidades entre sí para evitarse lo que alguno no quisiera enfrentar. Pero quién engaña a la muerte, más si ambos están igual de enfermos. Después de todo esto ninguno de los tres hombres podía hacer como si no se conocieran.

—Señor Miranda… —papá señaló con el dedo al que poseía ese apellido—. Yo soy el señor Ángeles, mucho gusto —se tocó el pecho con el pulgar—. ¿Y usted? —se dirigió al más hablantín.

—Severino Sosa, Sosa para los amigos —se nombró con entusiasmo. Había deseado que le preguntaran cómo se llamaba desde el principio. El macho alfa, el líder de la manada.

Después de la presentación se quedaron en silencio hasta que el señor Sosa, como lo dictaba su naturaleza resuelta, reinició la plática:

—Pues ¡felicidades!, entonces —dijo de pronto con el mismo tono entusiasta que lo caracteriza para todo. Da la impresión de que será capaz de anunciar con una sonrisa los pocos días de vida que le quedan. Tiene la energía suficiente para los tres. Se necesitan entre ellos.

¿Era posible que ese hombre supiera que había sido su cumpleaños? Papá ni siquiera lo había mencionado o pudiera ser que sí.

—Todos aquí somos padres, ¿qué no? —el señor Sosa robusteció con datos su felicitación—. ¿No me van a preguntar cómo lo supe? Pues antes de que lo hagan se los digo. Resulta que nuestra enfermedad se ha presentado con mayor frecuencia entre los hombres con descendencia, en comparación con los que no tuvieron hijos nunca.

Papá pronto se dio cuenta de que la felicitación no era exclusiva para él por su cumpleaños, pero seguía sin definir cuál era el motivo de ésta. De cualquier manera, en pos de no incomodar, se sumó a la algarada que se armó entre ellos, como si hubiera entendido a la perfección las palabras de su nuevo amigo.

—Felicidades —soltó papá, queriendo mostrarse entusiasta, sin lograrlo del todo.

El siguiente domingo era el tercero de junio y se conmemoraba el Día del Padre.

—Nunca estuvo en mi horizonte como padre esperar a que me felicitaran por hacer mi trabajo de papá, en fin —me confesó papá hace rato.

*

Pasé varios días pensando si debía decirle algo a papá sobre mi encuentro con Minolta o no. Lo que yo había hecho era grave, porque, aunque no dije nada sobre su condición, le dejé a ella una carta que quién sabe lo que decía, firmada por él. Tal vez era precisamente algo de lo que no tenía por qué enterarse y por eso al final papá no se la dio. Aunque también pensé que si la había guardado era porque aún había una posibilidad de entregársela y entonces yo me adelanté. A veces las personas se acobardan y necesitan del apoyo de los demás para dar el paso. De cualquier modo, me culpé por haber dejado ese sobre ahí, pues de haberlo traído de vuelta conmigo no habría tenido la incertidumbre que sentía acerca del futuro. Llegué a desear que papá muriera pronto, para que no le diera tiempo de enterarse de mi tonta hazaña.

Oí el claxon del coche y me asomé a la ventana para ver qué era lo que papá necesitaba. Hizo más ruido del que hacía normalmente al llegar a casa. Pitó antes de bajarse a abrir la reja del garaje, de modo que cuando me recargué en el alféizar, él simplemente se volvió hacia mí y me sonrió, saludándome con la mano en alto. Varias personas que pasaban por ahí interrumpieron también lo que hacían para mirarlo. Le pregunté en un grito qué pasaba y él hizo el gesto que acabo de describir, simplemente me saludó. Azotó la puerta del carro con energía e hizo lo mismo con la verja al cerrarla. Papá se movía de un lado para otro como si sus piernas quisieran ellas solas ponerse autónomas a brincar. Abría una puerta del coche y luego la otra; después, como si recordara algo que debía hacer en los asientos traseros, se trasladaba con igual agilidad hacia allá.

Como hacía tal escándalo, los mismos vecinos que siempre estaban a la redonda, realizando cualquier otra actividad y que nunca se molestaban en voltear, esta vez hasta se acercaron a saludar a papá. Uno de ésos era el mismo hombre que me preguntó por él cuando me hacía la tonta en la calle, el día que fui a buscar a Minolta a su casa por primera vez. Papá desapareció de mi vista y me sentí tranquila; desconocía lo que pasaba con él, pero parecía que se trataba de algo bueno.

Como se estaba demorando un poco más de lo normal, me asomé de nuevo a la ventana. Papá visitaba a diario la tienda de don Roger, enfrente de la casa, a comprar algo, lo que fuera, aunque no lo necesitara, porque en algún momento podríamos echar mano de eso. La vida es una sorpresa, ¿no? Poco a poco deberá dejar esa costumbre porque tiene permitido comer apenas algunas cosas de ésas; su dieta ahora se compone de frutas y verduras. Papá las odia. Pero ahí estaba frente a nuestro tendero de confianza. Me pareció escucharlo silbar. Él no sabe, cuando lo intenta emite algunos soplidos, acompañados de sonidos que hace con la garganta, que no tienen nada que ver con el chiflido, como comúnmente se conoce. Lo hace cuando está preocupado y cuando está contento. Es curioso cómo en casos opuestos reacciona de la misma manera y, aunque es conocido que ambas emociones contrapuestas ponen a funcionar las mismas zonas del cerebro, relacionadas con las respuestas inmediatas, a mí me sigue sorprendiendo la suya. La reacción inmediata de papá es chiflar, un reflejo arcaico, casi primitivo. Mientras él malabareaba con las llaves para abrir la puerta, éstas terminaron por caer al piso, así que me adelanté y le di el paso yo, ahorrándole la maniobra de volverlas a introducir porque además ni caso tenía que lo hiciera, desde que sólo debe tirar de la manija por fuera para entrar. Ni siquiera me dio tiempo de recordarle esto, acerca del funcionamiento de su nueva puerta, porque apenas me vio, me lo dijo:

—¡Estoy salvado! —entró diciendo, con bolsas de plástico en ambas manos.

—¡Ya veo! ¿Y por eso compraste media tienda, papá? —dije, refiriéndome a los sacos atiborrados de productos que, naturalmente, le había comprado a don Roger.

—Me dieron los resultados de los análisis —comenzó a contarme, mientras disponía todo lo que había comprado sobre el mueble de la cocina, para acomodarlo en su lugar.

—¿Otros? —fruncí el ceño y recordé que papá llevaba algunos días fantaseando con la posibilidad de que no estuviera enfermo verdaderamente.

—Éstos son análisis de rutina, hija. Me los tengo que hacer cada cierto tiempo para comprobar la efectividad del tratamiento.

—¡Ah, ésos! —relajé el rostro de inmediato.

—¿Pues cuáles otros, Abigaíl? —preguntó papá como si no recordara el episodio en la cabina telefónica.

—¿Bajaron los niveles? —mejor cambié el tema.

—¿No se nota? —papá me mostró unos panquecitos empaquetados, que desde hacía meses no había vuelto a ver en la alacena, y dispuso diez litros de leche sobre la mesa.

—¿Y esa leche? —dije, señalándole los envases de cartón.

—Se las compré a don Roger.

—¿Tantas?

—Dice que desde que ya no voy se le quedan en el anaquel.

—A ver, explícame porque no entiendo qué responsabilidad tienes tú en esto.

—Pues que soy el único que bebe leche entera en esta colonia. ¡Hazme el favor! —nos echamos a reír, burlándonos del mundo entero y sus ridiculeces deslactosadas.

—¿Y los vecinos? —pregunté con una duda genuina, conteniendo la risa.

—Prefieren la leche *light*.

Volvimos a reír, burlándonos, otra vez, del mundo entero y sus ridiculeces deslactosadas *light*. Nos serví un poco de leche.

—¿Estás curado, papá? —me atreví a preguntar.

—No precisamente, hija, pero parece que mi cuerpo responde bien al tratamiento.

—¡Pues salud! —chocamos nuestros vasos en el aire.

Me hubiera gustado hacer algo especial anoche que papá supo que su organismo presentaba mejorías. Cuando se reciben este tipo de noticias uno sabe que recordará para siempre el momento en que se enteró y es bueno acompañar la buena nueva con otras experiencias igual de significativas. Pero yo estaba tan nerviosa con lo de Minolta y teníamos tanta leche en el refrigerador que sólo alcanzamos a brindar con leche. Pensé que ninguna gran historia había comenzado con un vaso de leche, pero luego me acordé de los gemelos Rómulo y Remo y la fundación de Roma, tras ser amamantados por una loba. Los días siguientes le pondremos leche hasta a lo que no.

*

Al abrir la puerta de su cuarto, vi a papá en cuclillas, recargado en la pared, respirando fuerte. Con los brazos estirados al frente, abría y cerraba los puños alternadamente. Me llamó la atención el esfuerzo que estaba haciendo y que se traducía en la profundidad de su respiración. Cuando inhalaba parecía descender a las honduras de la tierra a tomar aire y al exhalar emitía un sonido grave desde la garganta, como si fuera a lanzar en cualquier momento una expectoración. Yo pensé que le pasaba algo grave, pero él ni se inmutó al verme. Al contrario, siguió con su rutina como si nadie hubiera a su alrededor. Después de unos minutos en la misma postura, papá me dio la espalda y se puso de pie frente a la pared, estiró nuevamente los brazos sobre ésta, inclinó su cuerpo en un ángulo que nunca llegó a ser de noventa grados, pues le faltaba elasticidad, y empujó el muro con ambas manos durante unos segundos. Pude ver la fuerza que imprimía en el temblor leve de su cuerpo y en el color rojizo que su cara adquirió. Conservaba todavía bastante vigor. Traía puestas unas bermudas deportivas color crema brilloso y una camisa blanca de tirantes. Me recordó a los señores que hacían yoga en el parque de la colonia, rodeados por una mayoría de señoras. Sólo que esos hombres usaban mallones cortos *stretch* de colores fosforescentes, como si no llamaran ya la suficiente atención. Papá lanzó un gritillo y chocó los brazos a sus costados, como señal de que había terminado el ejercicio. Me pareció que estaba más agitado de lo que uno podría estar con el tipo de rutina que hizo, pues prácticamente había permanecido inmóvil.

—Mira, te enseño —papá juntó sus palmas en señal de rezo—. ¡Presiona! —hizo fuerza contraria entre ambas manos, como si quisiera llevar cada una a su lado opuesto—. Inhala, uno, dos, tres, y exhala —esta vez no carraspeó, sino que lanzó un soplido.

—¿Desde cuándo haces yoga, papá? —dije mientras intentaba imitar sin éxito la postura que me había mostrado.

—¿Qué es eso de yoga, hija?, ¿cómo crees? —me dijo con la voz entrecortada.

—No te malpases, papá, nomás.

—No pasa nada. Es pura terapia física.

Papá se tumbó, esta vez, en el suelo como si fuera a hacer una lagartija, pero se quedó quieto en esa posición, inhaló, exhaló, y ahí, mientras sostenía la pose, siguió con la explicación de lo que estaba haciendo.

—El chiste es quedarse quieto y contraer los músculos unos segundos.

—¿Te lo recomendó el doctor Traviesa?

—No, qué. Yo practicaba esto cuando era joven.

—Y ora te dieron ganas de nuevo.

—Sobre todo porque ayer vi un documental en la tele sobre los beneficios de la meditación para la salud.

—Yoga, se llama yoga lo que estás haciendo.

—Pues en mis tiempos le decían tensión dinámica.

—¿Dónde lo aprendiste?

—No te digo que lo hacía de chico.

—¡Sí, sí! Pero quién te lo enseñó o cómo.

—De un libro.

—Es cierto, antes todo se conocía a través de los libros.

—No estoy tan viejo tampoco. A mí todavía me tocó la tele a color de niño.

—¿De niño?

—Bueno, ya estaba en la universidad, pues.

Supuse que habíamos visto el mismo documental en la televisión. Lo que me parecía inexplicable era que papá hubiera creído en algo así, siendo un hombre tan apegado a lo científico. El programa trataba sobre un personaje oriental llamado Masaru Emoto, investigador independiente de origen japonés conocido por sus polémicas afirmaciones de que las palabras, oraciones, sonidos y pensamientos dirigidos hacia un volumen de agua influían en la forma de los cristales de hielo obtenidos del mismo. Según Emoto, la apariencia de éstos dependía de si nuestra energía hacia ellos era positiva o negativa.

La segunda parte del documental estaba dedicada a las demostraciones por parte del doctor Masaru para comprobar su hipótesis acerca del poder que ejercemos los seres humanos sobre el agua, a través de meditaciones dirigidas. Un día de 1994 recolectó gotas de agua de un río contaminado en una laminilla de vidrio, las congeló, luego las puso bajo el microscopio electrónico y observó las moléculas. Vio formas asimétricas, sin estructura, de colores apagados. Tras someter ese mismo líquido a un proceso de fusión, mediante el cual lo sólido del hielo se convierte nuevamente en agua, el científico expuso el resultado contenido en una botella a una sesión de meditación familiar. Un grupo de padres y madres con sus hijos se reunieron en una habitación. Todos se sentaron alrededor de una mesa en cuyo centro se había colocado el recipiente de agua en cuestión. Debían tomarse de las manos, cerrar los ojos y procurar pensamientos positivos hacia el líquido y así lo hicieron: «Agua, eres lo máximo, te cuidaremos bien», debían transmitir al mismo tiempo. Después, Emoto dispuso unas gotas en placas de Petri y las metió al congelador y al mirarlas unos minutos más tarde lo que descubrió fue sorprendente. El agua expuesta a los buenos pensamientos y a la música clásica mostraba preciosos cristales hexagonales, parecidos a los copos de nieve.

—Un japonés comprobó que las buenas vibras cambian positivamente la composición del agua y si los humanos somos ochenta por ciento agua, pues imagínate —dijo papá.

Definitivamente habíamos visto el mismo documental de ese farsante.

*

Ahí estábamos, papá y yo, frente a la puerta de la casa de Minolta para ofrecerle disculpas. Pasé preocupada tantos días y ni caso tuvo, porque así como fue fácil encontrar una carta entre sus cosas dirigida a su antigua novia, resultó igual de sencillo que él se diera cuenta de que yo la había tomado de su cajón. Dijo que la foto de nosotros que puso a propósito en el refrigerador la sacó de la misma caja donde guardaba el escrito para Minolta, al descubrir que ya no estaba ahí. Que lo había hecho como una prueba a mi honestidad. Por si yo era capaz de confesar el hurto con eso. Papá me puso un cuatro y caí. Lo que me intriga ahora es el hecho de que papá haya guardado la carta y la foto en una caja con ese rótulo de cosas que no sirven pero tampoco se tiran.

Él se había puesto la fragancia para los momentos especiales, una que yo le regalé, no sus pacientes. Hacía suficiente viento y las ráfagas nos golpeaban, en su ir y venir, con un agradable aroma a maderas y jazmín. Le propuse que fuera solo, yo no tenía nada que hacer ahí, pero él se negó, argumentando que esa visita no era de ninguna manera una cita, sino una mera cortesía, de la cual además yo era la única responsable. Que si él acudía solo podría verse mal a los ojos del esposo de Minolta. El plan era entregarle nuestras excusas por entrometernos como si nada en su vida, y pedirle de

157

vuelta la carta. Aun así nos arreglamos para causar una buena impresión. Papá boleó sus zapatos con tinta café oscuro y se puso su traje color arena. Unos calcetines beige y camisa color crema. A mí nunca me ha gustado combinar la ropa, pero al verlo a él tan coordinado se me hizo que, por tratarse de una ocasión especial, podría hacer una excepción y elegí una blusa, una chamarra y unos pantalones, todos de mezclilla. En el camino me arrepentí un poco de la elección pues se me hizo algo exagerada. A unos pasos de la casa de Minolta, papá rompió el silencio en el que nos mantuvimos prácticamente toda la mañana.

—Tal vez habría que ensayar un poco lo que vamos a decirle —dijo, moviendo las manos de más.

—Creo que yo no debería decir nada —respondí, haciéndole ver a papá que yo no era la interesada en esta historia que sólo ellos dos protagonizaban.

En eso, él se dio la media vuelta y se dirigió de regreso a la casa, mientras decía:

—Será mejor que le escriba otra carta, pidiendo disculpas y ya.

Al parecer eso de no atrevernos a la primera nos venía de familia. Lo alcancé:

—Creo que sería muy amable de tu parte darle la cara, por lo menos esta vez.

—¿A qué te refieres con eso, Abigaíl?

—Me lo contó todo. Ella se merece que le hables.

Lo tomé del brazo e imprimí un poco de fuerza sobre su piel para moverlo hacia el lugar que habíamos quedado de ir y aunque él ejerció algo de resistencia al principio, terminó cediendo en mi dirección. Reiniciamos la marcha juntos, las notas de la loción de papá en el ambiente eran ahora más intensas. Él había comenzado a sudar y el sodio reaccionaba con los elementos de la fragancia, tornándola penetrante para el olfato.

—¿Entonces qué le dirás, pa?

—Eso.

—¿Qué es eso?

—Que vinimos a ofrecerle una disculpa por tu visita intempestiva, y de paso a recoger ese sobre.

—¿Es todo?

—Claro que es todo.

—Deberías decirle cuánto la amas.

—Eso sería una mentira, hija. Yo no amo a Minolta. Sería una mentira decir que la amo si no la he visto en veinte años, por favor. Las personas se olvidan con el tiempo, Abigaíl.

—Ella te ama a ti.

—Es normal, hija.

—¿Porque eres un galán?

—No, porque las mujeres son así.

—¿Cómo somos?

—Románticas. Se apasionan por alguien y son capaces de guardarle un lugar en su corazón por los siglos de los siglos amén.

—Ay, sí, ora me vas a decir que eso es exclusivo de las mujeres.

—A los hombres no nos pasa así.

Papá tenía a veces ciertas ideas sexistas.

—¿Entonces es verdad que ya no amas a Minolta?

—¡Qué cosa, por favor! Claro que es verdad. Yo no amo a Minolta.

—¿No será que no quieres aceptarlo?

—No, Abigaíl, y te advierto que si vas a seguir con lo mismo será mejor que te regreses a la casa.

—Imaginé que esta tarde tú y ella reanudarían su amor interrumpido hace años.

—Ay, hija, deja de fantasear. Ya somos adultos.

Papá se detuvo inesperadamente y se volvió hacia atrás, alguien le había tocado el hombro. Era Minolta que cargaba unas bolsas en ambas manos.

—¡Demasiadas sorpresas en tan poco tiempo! —se admiró, liberándose de los bultos en el piso.

—Minolta —papá extendió la mano para saludarla y ella le regresó el saludo del mismo modo. Pensé que se besarían, pero nada de eso ocurrió.

Se suponía que ese encuentro sería algo histórico en la vida de ambos, que se abrirían los cielos para recibirlos a los dos, elevándose en un beso eterno. Pero la vida real nunca es tan espectacular como a veces creo.

—¿Puedo encaminarlos? Si me esperan, dejo las bolsas… —dijo Minolta algo agitada por el peso que cargaba, pero de ninguna manera se veía afectada de volver a ver a papá, cómo iba a ser de otra manera si llevaban siendo vecinos años. De los tres, yo era la más nerviosa.

Nos quedamos en silencio afuera de su casa, esperando a que Minolta saliera. Volvió con una coleta en el pelo, que la hacía ver más joven de lo que era. Tal vez fuera el amor que rejuvenece.

—¡Qué calor! —dijo al ponerse a nuestro lado en el camino, en realidad a mi lado.

Papá se bajaba a ratos de la banqueta, cuando por su estrechez nos impedía caminar a los tres en la misma línea. Comenzamos el paseo. Aunque fuera por ese breve instante imaginé cómo nos veía la gente al pasar: como la vieja jirafa junto a sus cansados domadores. Había pasado el tiempo ya.

—¿Adónde vamos? —preguntó Minolta.

—Adonde tú quieras —me atreví a decirle, adelantándome a papá, quien seguramente se las habría arreglado para hacerle saber a Minolta su propósito ahí mismo en la banqueta.

—¿Cómo? ¿Entonces no se dirigían a ningún lado?

—Vinimos a verte, Minolta —seguí adelantándome a papá.

—¡Oh! ¡No me digan eso! Los hubiera invitado a pasar, entonces. ¡Qué pena! Pensé que sólo pasaban por aquí.

—Descuida, Minolta. Dar una vuelta por aquí nos alcanza para decirte lo que queremos que sepas —esta vez papá se adelantó y no me equivoqué en la parquedad con la que transmitía el mensaje a quien había sido su novia años atrás.

—Siendo así, sigamos caminando, entonces, si les parece —dijo ella, nada apenada, sino más bien aliviada porque se acercaba el final. Incluso noté que andaba más rápido que aquella ocasión en que había ido a verla. Como si hubiera recuperado la vitalidad.

Me quité de en medio de los dos, para dejarlos hablar sin necesidad de gritarse y fui yo la que ahora subía y bajaba la banqueta cuando era imposible estar alineados los tres.

—Como sabrás —empezó papá su discurso—, estoy enfermo.

—Así es. Cuánto lo siento, Rafael. En serio lo digo. ¿Puedo ayudarte en algo? —lo interrumpió ella.

—Estoy bien, Minolta, muchas gracias. No tienes nada de qué preocuparte. Sólo quiero ofrecerte una disculpa por Abigaíl. Tengo entendido que ella vino a verte y te dejó una carta que yo nunca te habría dado, en la que te enteraste de esto. Ya sabes, las malas noticias nos hacen comportarnos de forma inadecuada a veces.

—No te apures por eso, Rafael, por favor. Los hijos son así.

—¡Dijiste que nunca tendrías! —le recordó papá y ambos se echaron a reír.

—Amanda y Miguel —añadió Minolta, pelando los ojos.

—¡Vaya! ¡Qué bien! Llevaste muy lejos tu gusto por la música de moda —opinó papá sobre el nombre de los hijos de Minolta que provenían del gusto de ella por una cantante argentina de su juventud.

Ambos habían recompuesto sus vidas tras ese fallido amor. Su historia no tenía nada de espectacular. Minolta tampoco amaba a papá, otros seres llegaron a dar sentido a su existencia.

—Me gustaría recuperar esa carta que mi hija te dio. No te corresponde tenerla.

—Entiendo. No tienes ni que decirlo, querido. Lo noté. No me hablabas a mí, sino a ti mismo.

—¿Podría ser en este momento? Disculpa la prisa, Minolta, no quisiera presionar, pero, ya sabes, ahora no me sobra el tiempo —ambos volvieron a reír, como dos buenos amigos.

Minolta nos invitó a pasar a su casa mientras iba por la carta, pero a mí ya no me parecía tan buena idea, esperamos afuera. No tardó nada. Le estiró el sobre a papá y él lo recibió.

—Me tomé la libertad de poner algo más en el sobre —hizo referencia ella al contenido del envoltorio.

Se tendieron la mano y Minolta jaló a papá para besarlo en la mejilla. Se estaban despidiendo para siempre. Por mi parte le di un beso también, le tomé las manos entre las mías y le di las gracias. Papá sonrió y volvimos sobre nuestro paso. Al abrir el sobre descubrimos el motivo por el cual ella había llegado a nuestras vidas. Minolta hizo honor a su nombre de cámara fotográfica y capturó con su lente escenas únicas de mi padre y yo. Nunca nadie se había interesado por nosotros antes como ella. Guardé nuestras fotos en esa misma caja de cosas que no sirven pero tampoco se tiran, porque ahora comprendo a qué se refiere papá al nombrarlas así.

IX

El maestro de natación que sí es mi maestro de natación, no el moreno de colita que me salvó de morir ahogada, parece un menor de edad. No puedo siquiera imaginar su opinión acerca de enseñar a personas mayores que él, pero sí la mía y no es la mejor que yo tengo sobre mí misma. Qué es eso de aprender a nadar a los 18 años, siendo una adulta como soy, sólo a mí se me ocurre: la natación es una disciplina que se comienza a practicar, entre los más afortunados, al nacer, y yo estoy fuera de ese grupo de gente. Con el maestro de nado sincronizado sería definitivamente mucho mejor, pero para eso me falta mucho.

Davis, el profesor con cara de niño… ¿Davis? Su nombre parece el mote de cariño de un bebé. Resultó que Davis hizo un diagnóstico la primera clase para ver quiénes sabían flotar. Primera clase que me perdí por mis equivocaciones. Yo era la única a la que le faltaba dominar tal habilidad, porque ahí estaban todas esas mujeres, incluyendo a la enana voz de pito, yendo de aquí para allá con sus tablas de nado como si nada, y soltándolas a la menor provocación en la alberca.

El ejercicio consistía en colocar la tabla frente a nosotros con los brazos estirados y patalear, algo que ya había intentado por mi cuenta la primera vez, pero en esta ocasión debíamos aguantar además la respiración bajo el agua mientras avanzábamos. Un reto de coordinación. Davis, nuestro maestro menor de edad, repartió los flotadores rosas y azules entre todos: los rosas para las mujeres, los azules para los hombres. Las conductas sexistas no tienen que ver con la edad, porque este muchacho es prácticamente un niño y toma ciertas decisiones basadas en creencias de tiempos pasados. El arranque consistía en dar un pequeño brinco hacia arriba debajo del agua, luego en el aire o más bien suspendido en el líquido, antes de volver a tocar el piso de la piscina, el cuerpo adoptaría de manera natural, por la flotación, una postura horizontal, la cual yo debía aprovechar para tocar con la planta de los pies la pared de la alberca e impulsarme en flecha hacia adelante. Fue la explicación que dio Davis, queriéndose ver muy docto en su materia. A partir de ese momento debía patalear sin detenerme hasta el otro lado de la alberca y de tanto en tanto sumergir la cabeza para experimentar, mientras me encontraba abajo, el poderoso placer de estar aprendiendo a nadar.

Me sujetaba por momentos del andarivel para impulsarme hacia adelante y avanzar más rápido, tenía la sensación de ir más lento que los demás. No podía afirmar que realmente así fuera, pues mientras uno va nadando no existen referentes con los cuales comparar la velocidad a la que vamos, ni siquiera los propios compañeros. Lo único que tenemos enfrente son enormes volúmenes de agua moviéndose al ritmo de todos los cuerpos contenidos ahí. No hay nada estático, es una mera sensación, como la sensación de que bajo el agua pesamos menos. Por lo visto ciertas propiedades físicas de los cuerpos pierden sus valores reales en estas condiciones.

Como no tocaba el fondo con los pies, cuando me cansé y dejé de moverme, la fuerza de gravedad me jaló poderosamente hacia las profundidades, y yo de tonta solté por los nervios la tabla que se deslizó lejos de mí, como si nunca hubiera querido auxiliarme en este camino de aprendizaje. No quería repetir la misma escena de la clase pasada, así que, en un insospechado acopio de voluntad, me giré como pude para acostarme boca arriba sobre el agua, quedando tendida de panza completamente inmóvil a la mitad de la alberca. Iba a tener que aplicar los consejos que la federación nacional de natación de algún país daba para flotar, según las enseñanzas de mi libro, uno que conseguí de segunda mano para apoyar mi camino autodidacta. No sólo papá adquiere conocimientos de los libros; yo soy hija de tigre pintito.

Si quería adoptar nuevamente una posición vertical iba a tener que usar la conocida técnica del waterpolo. Los waterpolistas deben meter una pelota en la portería del equipo contrario sin hundirse durante media hora. No pueden pisar el fondo ni salpicar a sus rivales y sólo el portero tiene permitido tocar el balón con ambas manos. Si ellos podían hacer eso, yo tenía que lograr reponerme de esto, flotar unos segundos y avanzar los condenados metros que me restaban para llegar al otro lado. Hice círculos con una pierna, luego con la otra y después las dos al mismo tiempo, cada una en sentido contrario. A continuación, según el manual, debía mover los brazos, también en circunferencias. Inhalé y al sacar el aire comencé a hacer ambos movimientos concéntricos, lográndolo. Mis miembros superiores e inferiores ejecutaban una danza sincrónica efectiva. Nunca me había visto así: estaba flotando. No lo podía creer. Me emocioné tanto que quise quedarme ahí, sin avanzar, para seguir disfrutando de la suspensión vertical. Pero escuché los pataleos de alguien más detrás de mí.

Era la enana voz de pito, quien al contacto conmigo se destanteó y soltó, igual que yo, el flotador, que con la agitación del agua brincó y se desplazó hacia lugares inesperados y difíciles de alcanzar en el carril de al lado, como a mí me había pasado. Sólo que al parecer ella desconocía las técnicas del waterpolo, pues ya lanzaba gemidos y golpeaba el agua, faltando a la regla básica de dicho deporte de no salpicar. Ambas perdimos nuestro salvavidas personal. Estuve a punto de hacer algo para ayudarla, pero igual que la primera vez, cuando la vida me puso a su lado para apoyarla, me volví a resistir. Con lo que yo he aprendido apenas hubiera podido hacerlo porque era evidente que la mujer se estaba ahogando. Nos hundiríamos las dos. No me arriesgué. Agarré impulso en flecha y salí, nadando de ahí, sin tabla ni nada, como toda una profesional, hacia mi objetivo. Estaba de veras sorprendida.

Al llegar al otro lado de la alberca, me agarré de la base del pequeño trampolín, tal como me había dicho papá que lo hacía. Davis ya iba en camino a ver qué pasaba con la enana, que se quejaba tan agudamente como le daba su voz de pito, combinada con la falta de aire. Me volví hacia la escena, sin soltarme del trampolín, mi podio desde el cual miraba a todos los que perdieron la competencia que yo gané. Ese día le perdí el miedo al agua como si nada. He dejado la tabla de flotación para aprender los estilos de nado. Lo logré.

*

A su modo, papá demostraba su masculinidad con gestos mínimos como no saber cocinar. Tenía predilección por los alimentos precocidos. Le profesaba un cariño demencial a su horno de microondas, donde puso a calentar durante años prácticamente toda nuestra comida. Y cuando se descompuso, nos hicimos de uno nuevo lo más pronto posible porque estaba insoportable, diciendo, durante días, que era imposible calcular los tiempos para cocinar sobre la estufa; en cambio, sabía de memoria cuántos minutos requería el pescado o la pasta en el microondas para calentarlos. Los recibos de gas eran mínimos frente a los de la luz, éramos los que más pagaban en el edificio. El paraíso de papá debía de ser aquél donde todos comiéramos precalentados. Los platillos más exóticos en esta presentación tenían prestigio en su paladar. Era probable que los chilaquiles rápido y fácil, listos para comer, tuvieran en él a su único consumidor.

Para saciar este gusto por lo empaquetado, papá contrató a un trabajador que era el encargado de hacer algunos mandados, entre los que se encontraba comprarle sin falta un paquete de veinte vasos de capuchino en polvo cada mes. Se llamaba Hugo y Hugo era bien abusado porque se quedaba siempre con el cambio de los cafés, que sumaba al precio que supuestamente costaba la bebida. Lo supimos el día que volví con papá al supermercado donde compramos la despensa durante buena parte de nuestra vida juntos. Ahí también se surtía Hugo del capuchino al mayoreo.

Hasta donde me quedé, la tienda sólo daba servicio a los afiliados de la institución pública de la cual dependía, y a la que papá perteneció durante muchos años, pero ahora estaba abierta al público en general. El presidente en turno había creado la cadena para satisfacer las necesidades de los trabajadores del Estado, quienes eran los únicos que podían consumir ahí, pero tras uno de los terremotos más trágicos y destructivos en la historia del país, cualquiera tenía permitido ya hacer sus compras en ese lugar. Además de escasa, la luz adentro era tan blanca como el color de las paredes del instituto gubernamental de salud y seguridad social al cual pertenecía ese autoservicio.

Solía sentarme en la esquina de algún anaquel cercano a donde papá estacionaba el carrito de la compra, mientras él recorría los pasillos, escogiendo los productos de su preferencia, casi todos precocinados. No tenía permitido moverme de ahí y siempre fui una niña más o menos obediente. Me quedaba quieta con los ojos cerrados y escuchaba las llantas de los demás carritos que pasaban a mi lado y algún grito infantil. La atmósfera con olor a detergente me hacía imaginar que me hallaba en un hospital. Nunca había estado en uno, pero papá sí, y a eso olía siempre él, a limpio. «Mira lo que te compré», me decía y me regresaba de nuevo a la realidad con esa frase que se convirtió en muletilla, porque ya no era ninguna sorpresa lo que me traía del pasillo de cárnicos, aunque la verdad siempre me emocionaba porque me gustaba mucho. Era un pedazo de carne en forma de palito, preparado en sal, para botanear. Yo comía mi tentempié el resto del recorrido, que comprendía una visita al pasillo de electrónica, donde papá admiraba los nuevos televisores. Tenía predilección por los más ligeros. Cada vez que íbamos había una novedad en ese campo y le encantaba. En ese mismo departamento vendían pilas y era lo único que comprábamos porque tele ya teníamos una y nos duró el resto de la era analógica. Yo debía guardar la envoltura de mi golosina salada para pagarla al final y aunque en las primeras ocasiones intenté hacerme la lista, escondiendo el paquete en mi chamarra para evitarle a papá pagar, él siempre me lo pidió en la fila y me reprendió con suavidad, haciéndome entender que la honestidad era un valor importante. Aprendí la lección.

Apenas entramos esa mañana a la tienda, pude comprobar que la luz desfalleciente de mi infancia seguía siendo un distintivo del lugar. Tuve la sensación de que absolutamente nada había cambiado. Quise comprobarlo y conduje a papá hacia el pasillo de papelería. Me dejé guiar por la memoria, él se dejaba guiar por mí. Noté en sus ojos esa luz de cuando era joven. Tenía tiempo viniendo solo, pero ahora nos hacíamos compañía otra vez. Al llegar a nuestro departamento favorito de la tienda, tomé un diurex de colores y un lapicero; papá, un paquete de plumas de tinta negra, como si los necesitáramos. El cajón de la vitrina en nuestra casa siempre estuvo lleno de plumas, cintas adhesivas y pilas AA. El olor picante a limpiador del resto de la tienda cambiaba en ese pasillo por uno más suave, el del pegamento combinado con papel. Me encantaba.

Reiniciamos el recorrido, algunos pasillos estaban completamente vacíos, como si hubiera habido un saqueo. Los entrepaños de los anaqueles tenían capas de polvo encima. En más de quince años la tienda sólo había tenido una remodelación, así que lucía como antes, pero con menos surtido. Nos encaminamos hacia las carnes frías y papá y yo hablamos por primera vez desde que habíamos entrado a la tienda.

—No es como la recordaba —dije en voz baja, para no alterar la percepción de la gente que me rodeaba y que seguía visitando el lugar. No quería entrometerme en su discernimiento.

—Es culpa de la mala administración —me informó papá, recargándose en el manillar de plástico del carrito.

Pedí un cuarto de jamón de la marca que solíamos comer, pero la señorita que atendía me dijo que ya sólo les quedaban las dos que estaban al frente en el refrigerador, con ese tono que usamos para expresar que algo se ha acabado para siempre. No conocía ninguna, pero pedí la más cara, salvaguardando mi dignidad.

—¿Por qué sigues viniendo aquí, papi? Ya casi no hay nada.

—No conozco otra tienda, hija. Aquí ya sé dónde está lo que necesito. Además, cada vez compro menos cosas.

—¿Siempre encuentras lo que buscas?

—Bueno, no siempre, pero no importa.

—Lo compras en otro lado.

—No te digo que no conozco otra tienda.

—Pero ¿entonces qué haces cuando pides el jamón de siempre y ya no tienen?

—Lo que tú misma acabas de hacer. Compro de otro y ya.

—Pues así como van, pronto dejarán de vender hasta jamón.

—Dejé de comer precocidos porque dejaron de venderlos aquí, para que me entiendas. Si tuviera que olvidarme del jamón no habría ningún problema.

—¡Ah! Pensé que los habías dejado porque te los había prohibido el doctor Traviesa. Los precocidos.

Un arco formado por pilas de capuchinos en vasito anunciaba la promoción más reciente. Una caja de 25 a precio sin igual, rezaban los letreros sobre cartulina fluorescente. Le brillaron los ojos a papá. Puso dos paquetes en el carrito para recordar épocas pasadas. Una edecán bastante más tapada que como las recuerdo en short y top, con un traje café a tono con el producto que promovía, le regaló unas bolsitas de azúcar para endulzar su bebida. Salimos a las cajas muy pronto. Qué grande me parecía la tienda cuando yo era chica. Desde la esquina donde nos encontrábamos en la fila, la abarqué casi completa con la mirada.

—Yo disparo —le dije, revisando los productos que había en nuestro carrito.

—No —extrajo una credencial de su cartera y me la mostró—. Déjame aprovechar este beneficio del Estado por primera vez.

—¿Nunca te habías afiliado?

—Hasta ahora.

En el estacionamiento, el viene-viene que cuidaba los coches se nos acercó. A lo mejor nos ayudaba con el carrito de la compra, pero no.

—¿Listo, doctor? —le preguntó a papá con cierta deferencia, como si hubiera sido su paciente.

—Mi hija —dijo papá y me tomó del codo para presentarme ante él.

—Mucho gusto, señorita —el hombre hizo una ligera reverencia. Yo respondí con los buenos días.

Papá le estiró un billete al cuidador.

—¡A sus órdenes, mi jefe! —dijo con el rostro iluminado y vació el dinero en la bolsa frontal de su mandil. Sonrió servil.

En el coche, mientras el mismo señor hacía señas a papá para echarse en reversa sin inconvenientes, le pregunté si era su paciente o si lo conocía de tiempo atrás para darle todo ese dinero. Eran cincuenta pesos. Me dijo que lo había visto tres veces, con ésta, cuatro. Que a veces le lavaba y enceraba el coche.

—Me gusta que me saluden —lanzó una risita tímida—. Y yo procuro darles. Así quedamos todos contentos.

Unos metros más adelante, en el semáforo, papá suspiró.

—Siempre lo supe —dijo.

—¿Qué?

—Que Hugo se quedaba con los cambios.

—¿Por qué lo dices?

Papá rebuscó el ticket en el bolsillo del pantalón y me lo pasó todo arrugado.

—Mira lo que nos costó la charola en promoción.

—150 pesos.

—Pues según eso costaba desde que tú y yo veníamos, desde que eras niña.

—Qué cabrón.

—Era una bicoca, hija. Hasta yo lo habría hecho si tuviera un patrón como yo.

—¿Cómo?

—Tan menso.

Papá era un hombre generoso.

*

Papá parece irse deshaciendo de lo que le queda. Hemos echado a la basura varios objetos que referían a tiempos pasados, todos se hallaban en el mismo lugar, la pequeña alacena en la cocina donde papá ponía los medicamentos que le regalaban los laboratorios. Debajo de una montaña de medicinas encontramos otra montaña, la vieja maqueta que él había construido para demostrarme su teoría de la puntualidad. Qué otras cosas se escondían tras esas cajas de cartón que servían para curar enfermedades que nunca tendríamos ninguno de los dos.

—¿Te quedaste esperándolo? —le pregunté, refiriéndome a mi tío, su hermano mayor. Retomamos la conversación que nos quedó pendiente de cuando era niña.

—Lo esperé durante años —respondió papá, tomándola entre sus manos—. Luego le di valor al tiempo. Pasamos la vida quejándonos de que nos hace falta. Cuando en realidad lo que ocurre es que no queremos tomarlo. Tomarnos el tiempo de vivir. Nadie nos lo va a dar. Es una decisión.

Desempolvó con la mano la vieja construcción y con un soplido, la bolita de plastilina que se supone era el alpinista. La miró unos segundos y esta vez, en lugar de subir la montaña, ilustró el descenso, soltando al escalador por la empinada.

—Morirás de todos modos en el camino y al bajar serás otra persona distinta a la que eras cuando subiste.

—¿Perdiste la esperanza?

—No diría que perdí algo, creo que más bien gané la certeza de que debía seguir adelante. La vida es morir y renacer.

Papá me mostró el croquis que había dibujado de joven, a partir de las fotografías que dejó Damián, porque estaba convencido de que si seguía las indicaciones hallaría por fin el cadáver en la montaña. Estaba escondido en un compartimento en forma de sobre que había hecho en la base de la maqueta, mimetizado con los acabados. Era un camino de mentiras, fantástico, adolescente. Concluimos que no habría llegado a ningún lado, así que nos deshicimos del mapa y la maqueta; no tenía caso conservarlos más.

Otra de las cosas que tiramos fueron los efectos de la neurosis colectiva debido a la primera gran epidemia del siglo que seguían entre nosotros en forma de dos kits sin usar de medicamentos para tratar los síntomas, y que caducan este año.

—¿Así que todo el dinero invertido en la investigación de una cura se va literalmente a la basura? —pregunté, mirando a papá vaciar el contenido de las bolsas al bote.

—Como en todo negocio, el farmacéutico siempre apuesta por un mayor costo-beneficio —explicó papá, mientras revolvía la cesta de la alacena en busca de la tableta que sí debe tomarse ahora.

—Perdieron más de lo que ganaron, ¿no? Fabricaron miles de millones de cápsulas que se echaron a perder —afirmé muy segura según yo.

—¿Y qué me dices de todas las que se tomaron los que hoy están vivos? —dijo él.

—¿Por esos pocos valió la pena todo el dinero invertido?

—Hacer medicamentos no es como hacer zapatos, hija. Si te pones unos zapatos en lugar de otros no te vas a morir. En cambio, la vida de una persona está en juego si no se toma el tratamiento adecuado a tiempo y en las dosis indicadas. Y ni así es seguro que se cure, eh.

Además de la comida empaquetada, papá tiene una predilección por los objetos chinos que facilitan la vida. Como el dispositivo que estaba a punto de usar para partir su pastilla por la mitad, sin correr el riesgo de que volara deshecha en pedazos. Una pequeña esfera de plástico transparente que, al abrirse, como concha de almeja, deja al descubierto el tesoro: una minúscula navaja. Fue lo único que se quedó de lo que venía en el kit de supervivencia que tiramos a la basura.

—¿O sea que la medicina siempre apuesta sabiendo que podría perder?

—¿Existe otra manera de apostar? —asestó el navajazo a la pastilla, cerrando el carey.

—Asegurarnos de que vamos a ganar.

—Ay, hija. Puede ser que yo tome a diario esta medicina, a la misma hora, el tiempo que me prescribió el médico y, de todos modos, me muera. Las enfermedades son malas noticias envasadas en bolsitas de proteínas —se pasó media pastilla con un trago de agua.

Papá parece acercarse a ese reencuentro entre hermanos, y yo a la segunda posibilidad de perderlo para siempre.

*

La enfermera salió a buscar a papá y me di cuenta de que yo tampoco sabía en dónde estaba. ¿No se suponía que debía estar adentro con ellos? Me asomé al jardín de al lado, donde algunos pacientes esperaban su turno, entre grandes macetas de ficus y enredaderas, pero estaba tristemente solitario. El clima era poco propicio para descansar al aire libre: hacía frío. En el baño tampoco podía estar porque tenía prohibido orinar antes de tiempo, de todos modos, entreabrí la puerta del de hombres y dije su nombre completo. Nadie respondió. Por si acaso, grité «Papá», nada.

—Si no que pase alguien más —dijo la enfermera cándidamente para solucionar el problema inmediato que representaba mantener prendida una máquina extraterrestre sin usar.

—¡No!

Si alguien tomaba el lugar de papá iba a ocurrir una desgracia. Todas las veces que había tenido que esperar más de lo normal para su turno terminaron mal. Ahora estaba a punto de suceder lo mismo y estaba en mis manos evitarlo. O eso creí como suelo creer en estos días, en los que me aferro a una vieja idea de seguridad.

—Ya sé dónde está —mentí y me imaginé corriendo por todo el hospital. Tres torres interconectadas por pasillos blancos interminables en los que una fila de escoltas, guardias de algún personaje importante internado, me impedían el paso.

—¿Te comunicaste con él? —preguntó la enfermera.

—Sí —volví a engañarla.

Con la segunda mentira sentí como si infligiera un inofensivo rasguño en el rostro de la enfermera, como los que nos hacemos sin querer mientras dormimos. Logré que ella se regresara a apartarle su lugar a papá, para que nadie pasara en vez de él. Sonó el timbre del elevador y me metí de un salto. Tenía el mismo tiempo para encontrarlo que el que haría la enfermera en decirles a los radiólogos que el siguiente paciente, o sea papá, estaba a punto de llegar, tal vez ella misma incluso se tomaría unos minutos para retocar su maquillaje o limpiar las micas de sus lentes. Quizá la enfermera y el radiólogo aprovecharían también el segundo libre para decirse por fin lo que nunca se habían dicho, a lo mejor se gustaban. En una de esas hasta papá se aparecía de pronto por ahí con la buena noticia de que estaba curado de ahora en adelante. No sé. La puerta del elevador se abrió en el décimo piso.

El área de obstetricia estaba a la izquierda y la de geriatría, a la derecha. A estas alturas daba igual adónde me dirigiera, el chiste era hallarlo. Opté por la segunda opción; papá era una persona mayor pero, aun así, dudé sobre las enfermedades exclusivas de los viejos y de si la suya pertenecía a esa categoría, lo que tal vez lo hubiera llevado hasta ahí. Una anciana en bata salió de pronto de una de las puertas. Preguntó si me podía ayudar en algo. Por lo visto en esta área hasta los médicos eran de la tercera edad.

—Me dijeron que aquí me podían informar sobre las enfermedades más comunes en una persona mayor —quise disimular el porqué de mi presencia en esa parte del hospital si no estaba embarazada ni tenía más de sesenta años.

—En eso no soy yo la más indicada para orientarte, hija…

Estuve a punto de reírme. Quién más si no ella era la más adecuada para hablarme acerca de los padecimientos más frecuentes en los viejos. Era una septuagenaria. Disimulé.

—Pero, si gustas, mira, ven —me llevó del brazo hacia el balcón y recargó la mitad de su peso en el barandal—. ¿Alcanzas a ver esa puertita al lado del letrero que dice

«Resultados»? —indicó con un dedo artrítico el portal en la planta más baja del hospital.

Asentí con la cabeza automáticamente y la voz de la doctora o lo que fuera aquella mujer se evaporó sin dejar rastro en mi cerebro porque en ese momento me pareció ver a papá. Entraba justamente por la puerta de al lado de la «puertita» que ella me señaló. Creo que la dejé hablando sola y ya de regreso en el elevador sentí un poco de culpa porque lo cierto es que la señora tenía toda la voluntad de ayudar. Piqué el botón varias veces. «¿A quién se le habrá ocurrido poner el departamento de obstetricia y geriatría hasta arriba?», pregunté al aire para disimular mi desesperación entre los que ya estábamos concentrados ahí, esperando a que nos recogiera. «Subir tantos pisos para un abuelito o para una embarazada debe ser fatal», añadí, pero nadie me hizo caso.

Una vez adentro alguien pidió la hora y me di cuenta de que habían pasado siete minutos desde que le dije a la enfermera que papá estaba en camino. Debía apurarme si quería alcanzarlo en el mismo lugar donde lo acababa de ver. Apreté el botón correspondiente, suplicando para mis adentros que todos fuéramos hasta la planta baja, que no paráramos nunca sino hasta llegar. Entonces no pude más.

El golpe de llanto me tomó por sorpresa como un hipo y aunque agaché la cabeza al sentirlo inundar mis ojos, los que iban conmigo se dieron cuenta. Vi aparecer en mi limitado campo visual cabizbajo una mano que me ofrecía papel.

—Toma… —lo tomé, agradeciendo, con la cabeza.

—Tal vez les parezca absurdo lo que voy a decir, pero es que no encuentro a mi papá y tiene sesión, ya nos pasamos por diez minutos o más, ya ni sé, y si no la toma a tiempo entonces entra alguien más. No es que vaya a perder su lugar, pero tendría que esperarse un turno y eso podría ser catastrófico. Y ya lo vi. O eso creo —medio sonreí y me soné la nariz.

En el trayecto hacia nuestro destino, la misma señora que me dio el pañuelo evitó que se volvieran a abrir las puertas del elevador hasta que llegamos, oprimiendo el botón de cerrarlas cada vez que parábamos en respuesta de alguien más que lo había solicitado conforme descendíamos. Comprendió que no podíamos perder más tiempo. Los demás se sumaron sin reclamar. Parecían más asustados de mí, que en el estado en el que iba yo les fuera a hacer algo, mejor dejarme bajar rápido.

—Aquí —dije en voz baja, como respondiéndome sólo a mí, mientras me dirigía hacia la puerta tras de la cual debía estar papá—. ¡Gracias!, ¡muchas gracias, eh! —me volví y miré a aquella mujer.

Entonces vi a papá flotar. En serio. Se encontraba en una suspensión estable en el espacio, sin mediación de nada que lo sustentara. Había despegado de la tierra discretamente a una mínima distancia del suelo. Estábamos en lo que parecía una capilla personal. El cuarto, del tamaño de otro consultorio más, tenía al frente la imagen de la Santísima Trinidad. El Padre, el Hijo y el Espíritu Santo eran testigos del prodigio, junto conmigo. ¿Estaba ocurriendo? Mi padre estaba levitando verticalmente, de espaldas a mí. Por supuesto que no; nadie en este mundo tiene esa facultad, quise convencerme. Pero las puntas de sus pies apenas rozaban el piso y tenía los brazos pegados al cuerpo, a los costados, muy derechito, contradiciendo todas las leyes físicas. Por un momento creí que a lo mejor estaba colgado de algo y me espanté. No se había suicidado, sólo estaba levitando. Como si eso fuera poco. Una luz lo rodeaba, delimitando sus contornos, como un aura. Parecía un pequeño dios. Extraordinario, milagroso y sobrenatural. No aparté un segundo los ojos de lo que estaba viendo. Tampoco podía interrumpir el portento; qué importaba ahora si pasaba a su sesión antes o después. Era un momento que no podía ser real y que, sin embargo, estaba ocurriendo. El disfrute me duró poco pues al instante sentí que le podía pasar algo. Tal vez lo que estaba pasando fuera su muerte. No soporté ver nada de eso un minuto más. Me salí del cuarto y cerré la puerta tras de mí, dejando ahí adentro a papá.

—Lo vamos a tener que reprogramar —me alcanzó la enfermera hasta donde yo estaba, afuera del oratorio.

—¡No! Ya mero sale —señalé la cruz de arriba, que por cierto no había visto al entrar, o tal vez sí, pero la ignoré, primero, y luego al presenciar lo que pasaba adentró me olvidé de ella por completo.

—Éstas no son horas de rezar —se encaminó la enfermera de regreso al lugar de donde había venido. Le di alcance, pero ella, aunque me escuchó, no redujo nunca la velocidad.

—Por favor. Mire, entiendo que se deben respetar ciertas reglas aquí, pero, créame, ha sido un día raro. Nunca había visto lo que acaba de pasar ahí adentro. Lo juro. No lo podía interrumpir. Me sobrepasa todo esto. Ni siquiera sabía que mi padre era creyente —no podía decirle lo que vi porque no me creería. ¿Quién admitiría semejante cosa?

—Está bien, está bien. Todos volteamos a ver a Dios en algún momento. Dígale a su papi que pasa después del paciente que ahorita está adentro.

*

Tropecé, sin llegar a caer, y le di los buenos días como un ronquido al guardia del deportivo. El hombre ni siquiera me pidió la credencial para darme el acceso, sólo asintió con la cabeza, autorizándomelo y como diciendo para sus adentros: «Pasa. Ya verás lo que te espera». Un poco por la vergüenza de mi arribo triunfal y otro poco porque era tarde, quien me hubiera visto de reojo pasar por ahí habría dudado de si alguien realmente cruzó el pasillo de lo rápido que iba. Creería por primera vez en fantasmas, en el espíritu de la mujer ahogada en las clases de natación.

En los vestidores, las bancas estaban sospechosamente desocupadas, pude encontrar un lugar para apoyar la maleta y ponerme el traje de baño sin el riesgo de golpear a la de al lado al estirar el brazo para ajustarme los tirantes. Sólo se escuchaba mi respiración y los goteos sobrantes de las regaderas cerradas. Comenzó a parecerme un poco extraña la situación: me recordó de hecho a aquella errática primera vez. Hice un recuento: el policía me había permitido entrar al gimnasio sin mostrar la credencial, los vestidores estaban vacíos y ahora, más tranquila y con el traje de baño puesto, la gorra, los *goggles* y las chanclas, me daba cuenta de que no se oía el chapoteo proveniente de ninguna alberca. ¿Dónde estaba? Vaya si he sido testigo de sucesos sorprendentes en los últimos días. Me dirigí hacia los lockers con cierta desconfianza. Miraba de un lado a otro, como si de pronto me hubiera vuelto la protagonista de alguna película de terror en el agua. Todos los personajes de las cintas de horror se convierten en los principales sin querer, quién querría enfrentarse voluntariamente a sus miedos. Frente a los casilleros, concluí, más bien, que toda la escena se asemejaba más a un milagro, pues estaban recelosamente vacíos. No iba a tener que llevar conmigo la mochila hasta las gradas porque ahora contaba con una pequeña caja fuerte para depositar mis pertenencias mientras nadaba. Qué alivio.

Siempre he sido propensa a turbarme con facilidad, y al dar el primer paso hacia afuera presentí lo peor. No me equivoqué. La alberca estaba completamente vacía y en calma. No había un solo alumno al interior, practicando su mejor estilo. Ni Davis ni la enana con voz de pito. Sería una exageración decir que me pellizqué el antebrazo para comprobar que no estuviera soñando, pero así fue. Quise asegurarme de que, en verdad, no era la protagonista de la escena en la que los alumnos de una escuela de natación han sido atacados por una bandada de profesores descarnados porque están hartos de sus pocas habilidades para flotar y en mí recae la posibilidad de sobrevivir o no, si logro escapar a tiempo. El destino me había puesto en ese lugar.

Antes de salir del deportivo, o más bien, de huir de ahí para ponerme a salvo de la muerte, me detuve al filo de la piscina, como cuando se está a punto de sumergir los dedos del pie para probar la temperatura del agua. Cuánta tranquilidad. Me convencí de que moriría. Así eran los últimos momentos de una persona viva. La muerte se muestra generosa y nos obsequia la capacidad de sorprendernos una vez más ante la belleza de la vida. Sumergida en esa sumisión ante lo inexorable, alguien me tocó el hombro y yo creí que se trataba del redentor para llevarme a las profundidades de la eternidad. Pero no. Era Davis, bastante más flaco que el creador y eso que Dios había hecho ayuno.

—La clase es acá —dijo el muchacho en tono aleccionador, como si yo hubiera querido perderme a propósito la enseñanza que él había preparado para mí ese día.

Apenas pude responder porque para ese momento ya iba detrás del profesor que bajaba las escaleras en dirección al sótano.

—Andabas perdida —afirmó Davis para hacer la plática, volviéndose hacia mí desde las alturas.

Descendimos a un primer nivel donde había un grupo de personas sentadas alrededor de lo que debía ser un profesor, el cual deambulaba de aquí para allá con la mano en la barbilla, como si reflexionara sobre algún tema discutido con sus discípulos. Quise quedarme unos momentos a escuchar qué era eso tan interesante, pero Davis me jaló con fuerza, justificando su vigor con que los demás estaban esperándonos. El segundo nivel hacia abajo estaba a oscuras, y alcancé a ver a lo lejos a una pareja que aprovechaba las tinieblas para demostrarse el deseo que sentían el uno por el otro. Intenté ser discreta pero los brevísimos segundos que enfoqué la mirada en ellos fueron los mismos que se tomaron para descubrir que los estaba viendo. Siguieron en lo suyo, ni se inmutaron. Davis me acercó una toalla en el tercer piso de las profundidades, el sótano, donde tomaríamos la clase de natación, al parecer. Sentí como si me faltara el aire; nos alejamos del cielo.

Vi a la enana voz de pito que, añadiendo más extrañeza a todo, se encontraba en silencio, junto con todos los demás compañeros del carril al que pertenecíamos. Como yo era la única en traje de baño, me envolví en la toalla que Davis me dio; los demás estaban vestidos con ropa de calle. Todos sentados, formando un círculo alrededor de una palangana gigante llena de agua. Davis se colocó en el centro. Parecía el escenario para un rito de purificación. Una ceremonia para liberar el cuerpo, la mente y el espíritu de un estado anterior. Me pregunté qué era todo eso, de dónde me venían esas ideas, qué íbamos a hacer.

—Bien, pues muchas gracias a todos por asistir el día de hoy a este evento tan especial. Les presento a nuestra compañera Abigaíl —me miró y estiró el brazo hacia mí—, a quien le pediremos que pase al frente para la demostración —me llamó con las manos—. ¡Ven!

Volví a pellizcarme para despertar de la horrible pesadilla en la que me encontraba semidesnuda a punto de hacer el ridículo frente a todos. No sabía lo que pasaría. Davis parecía transformado, sus ojos eran de un negro como el color de los demonios. Hablaba con palabras que parecían ajenas a él. Con las manos en la cintura daba instrucciones, se veía más grande de lo normal. Obedecí y me puse en cuatro patas con la cara frente al recipiente oloroso a cloro. En un gesto parecido al de introducir los dedos de los pies al agua para verificar su temperatura, di un lengüetazo a la de la palangana para comprobar lo mismo ahí. Sabía salada.

—Le añadí sal porque es saludable aspirarla. Y en este ejercicio es muy probable que aspiremos agua sin querer.

—¿Vamos a meter la cabeza ahí? —pregunté algo preocupada porque el agua estaba helada.

Nadie dijo nada. Los compañeros, la enana, parecían obnubilados y atendían los movimientos de Davis concentrados. Definitivamente yo era la única extrañada.

—Es importante que sepamos controlar la respiración en condiciones reales. El agua de la alberca es artificialmente caliente y en una emergencia no habrá calefacción. Para eso es esta prueba, en un afán de prepararnos.

El profesor se estaba poniendo demasiado existencial, no parecía él, también se acuclilló a mi lado, dispuesto a comenzar la demostración conmigo en la cubeta de agua semicongelada. Era un maltrato, qué bárbaro. En un movimiento inusitado de su parte, me aventó al líquido. Con sólo sumergir la cabeza, sentí que tenía también el cuerpo hundido y pude aguantar la respiración al interior los primeros segundos pero cuando quise tomar aire no lo logré. Algo me impelía a seguir abajo, algo que no sabía qué porque ni siquiera era el maestro, al contrario, Davis tuvo que jalarme de los pelos para sacarme a la fuerza porque estuve a punto de ahogarme ahí. Afuera sentí cómo mis pulmones adquirían la consistencia de una pasa negra. Comencé a toser.

—Ahora vamos a coordinar la patada y los brazos con la respiración —dijo Davis tranquilo, como si yo no estuviera sintiendo que me moría.

Los compañeros nos miraban con los ojos rojos y eufóricos. Ellos sólo eran espectadores que esperaban más de mí, no vi en ningún momento que formaran parte del ejercicio. Aplaudieron incluso la primera vez que me sumergí. Yo no volvería a meter la cabeza en la cubeta. Había experimentado esa fascinante sensación de lo ominoso, tan brutal por definitiva y tan tentadora por bella. Si entraba nuevamente ahí ya no volvería a salir. Me dolían las rodillas y los codos. Me estaba dando miedo.

—Está bien —me dijo—. Es normal que no queramos. Es la mente diciéndole al cuerpo que no quiere morir —la sabiduría de Davis no era acorde con su apariencia física, parecía un pequeño dios niño.

Sus palabras se desintegraron en millones de burbujas infinitesimales. Ahí estaba de nuevo yo con la cabeza bajo el agua, como si todo el cuerpo estuviera sumergido también. Sus indicaciones eran burbujeos. Mis compañeros, el público que había asistido a la función, se tiraron al mismo tiempo en el suelo, mientras lanzaban algo parecido a alabanzas en otro idioma distinto al nuestro. Abrí los ojos adentro.

—Abrimos las piernas y los brazos en compás. Flexionamos. Y otra vez —sus órdenes en plural eran esferas reventando al contacto con el agua salada en mis oídos. Puro borboteo.

El piso del deportivo se vino abajo, tornándose uno con el líquido que me arrastró al siguiente nivel más profundo, donde la tierra se une con el océano primordial. Hubo un momento en que se me hizo indispensable volverme atrás para vislumbrar mi nueva ubicación en el espacio y entonces descubrí que mi cuerpo seguía arriba, tendido por ahí. Ya no me dolía nada. Ahora era un alma, una conciencia o un espíritu. Pegué un brinco de la impresión de lo que yo misma estaba creyendo y salí a respirar por el impulso. Vi cómo la enana daba vueltas a gatas por el cuarto y volvía cubierta de sudor y polvo adonde estábamos todos. Entonces escuché su voz de pito otra vez como siempre.

—No es correcto moverse de lugar, evadir. Hay que enfrentar la situación —dijo Davis al ver a la enana de aquí para allá, aunque más bien se refiriera a mí, porque cada palabra parecía incrustarla en mi cerebro con sus dedos, presionándome la cabeza.

Un silbatazo salido de algún lado, aunque sólo podía emitirlo Davis pero así no fue, anunció que la clase había terminado. Me sequé la cara, estaba empapada pero de sudor, para nada estaba mojada de agua, y al deshacerme de la toalla que me cubría el cuerpo noté que el traje de baño estaba completamente seco. Me metí a bañar de todos modos y al desvestirme pude ver que mi piel estaba libre de raspaduras.

X

Papá ha sentido por primera vez dolor físico. Es raro, sobre todo porque, según sus análisis, las cosas estaban mejorando. Un espasmo que lo sacude cada tanto como toques eléctricos lo hace saltar como si tuviera hipo. Da pequeños brincos cuando las descargas prenden chispas en su interior, que ha calmado con analgésicos, pero esta mañana se dio cuenta de que persistían, de que para nada eran algo temporal. En lugar de acudir con el doctor Traviesa, el encargado de dar seguimiento a su enfermedad en el hospital, lo cual para mí habría sido fantástico, pues tenía tiempo sin verlo, papá llamó al doctor Rosas, con quien había compartido consultorio en la clínica donde ejerció toda su vida como médico.

En otras épocas, ellos dos se quedaban hasta el final para pagar la cuenta del desayuno por el día de la enfermera y platicar sobre las causas de los traumatismos de sus pacientes, porque siempre había un caso sorprendente. Como aquél del niño que estuvo a punto de perder el ojo por el efecto colateral de un golpe en el pómulo producido por el filo de una punta de pasto recién cortado. Era inverosímil, pero el indefenso pedazo de hierba se convirtió de pronto en un proyectil por la velocidad que tomó al salir despedido de la podadora hacia el rostro del pequeño. Ser testigos de eventos como éste estrechó su relación. Así que papá se puso en manos del médico en quien confiaba más. Y yo me quedé con ganas de saber más del doctor Traviesa, cuyo apellido, quizás ahora que lo pienso más detenidamente, es lo que atrae mis zonas cerebrales primitivas, en las que se enciende algo relacionado con romper las reglas, portarse mal.

El doctor Rosas dijo que debíamos entrar por urgencias, para facilitar nuestro ingreso sin papeleo. Seguimos las instrucciones y nos plantamos en el acceso. Era mediodía y a esa hora sólo éramos papá, yo y una pareja en la que el hombre, sentado en una banca larga, se apretaba cada tanto el estómago con una mezcla de resignación y malestar. Parecía un fruto a punto de echarse a perder. Nos asomamos por la puerta de cristal y pudimos ver a una muchacha que trapeaba el piso con abundante agua. Intentamos abrir pero el seguro estaba puesto y ella ni siquiera volteó a mirar. La que no nos quitaba la vista de encima era la mujer que estaba al lado del hombre maltrecho, por si nosotros teníamos mejor suerte que ellos para entrar.

Le pedí a papá que se sentara mientras yo averiguaba cómo hacerle para pasar, y al verlo acercarse lentamente a la banca larguísima pedí para mis adentros que se pusiera lejos de ese par, no fuera a ser que el tipo en tan mal estado padeciera algo contagioso e incurable que infectara a papá. Pero mis plegarias fueron en vano porque él se acomodó exactamente al lado del sujeto, quien respondió a su saludo asintiendo con la cabeza. Del malestar tuve el sentimiento opuesto al instante cuando al verlos, uno al costado del otro, pude sentir lo afortunado que era ese hombre al tener cerca ahora a un médico con esa experiencia, como papá. Estaba en buenas manos. El que no se encontraba en las mejores condiciones era papá. Ese dolor en aumento, el primero que experimentaba a lo largo de toda la enfermedad, lo puso en alerta. Pero mientras intercambiaba palabras con ese muchacho dejó de saltar, como si su molestia hubiera desaparecido de pronto, también la de su interlocutor. La de la limpieza por fin abrió la puerta de cristal.

—Venimos con el doctor Rosas —papá me había pedido que omitiera el nombre de su médico, pues no se trataba de ninguna emergencia y eso de valernos de alguien más para acceder a un servicio siempre le había parecido de mala educación, así se tratara del hospital en el que trabajó tantos años. Pero a mí no me molestó hacer uso de las influencias.

—Al fondo a la derecha le informan.

A punto de dar el paso para entrar, la afanadora me detuvo de nuevo.

—Nomás, un momentito, por favor. ¿No ve que acabo de limpiar?

Como si este episodio con la de la limpieza hubiera durado el tiempo requerido para que papá y la pareja se hicieran amigos, me volví hacia ellos y, en efecto, ahora estaban hable y hable. Tal vez no fueran amigos, pero papá ya les estaba dando consulta en la banca de urgencias del hospital. No existía nada más que él disfrutara hacer en este mundo como diagnosticar enfermedades; podía hacerlo casi con la mirada. Me quedé tranquila, dejándolo con ellos, y una vez adentro seguí la indicación de dirigirme al fondo a la derecha, pero llegué a los baños de damas, en vez de a la recepción. La de la limpieza me había tirado de a loca. Regresé a la puerta y sin salirme le hice señas a papá de que se acercara. Se pasó de mi lado.

—¿En qué momento entraron y no me di cuenta?

—¿Quiénes?

—Tus amigos de banca.

—¡Ah! ¡No! Ya se fueron. No era nada grave. Los iban a mandar de regreso a su casa de todos modos. Me pidieron que te despidiera de ellos.

—¿Los conoces?

—No, ¿tú?

Pasamos al lado de las enfermeras a las que papá identifica bien por su nombre y por su historia personal. Ellas solían tener en él a un confidente que las escuchaba en silencio, y los detalles sobre su vida llenaban a cierta hora el consultorio en lugar de los signos vitales, el peso, la estatura y los antecedentes de alguna enfermedad. Algunas se acercaron a saludarlo y a darle un abrazo, a preguntarle cómo estaba, qué hacía ahí ahora. Otras más le hicieron señas de bienvenida a lo lejos, con algo de pudor por el estado en que papá había llegado, encorvado, muy delgado, caminando ahora por los pasillos de la clínica como un enfermo porque los saltitos de dolor habían regresado. Una enfermera en particular hizo como si no lo conociera o tal vez fuera cierto.

—Los médicos siempre conocemos a los pacientes.

—¿Eran tus pacientes?

—No. Nada más supe lo que tenía, le dije qué podía tomarse y le recomendé que mejor se fuera a descansar.

—¿Qué tenía?

—Un cuadro de gastritis nerviosa combinado con ansiedad. Se pondrá bien.

Dos pasantes, identificadas por su calzado blanco, nos pasaron a una sala. Papá reconoció el lugar de inmediato, había estado ahí en otras ocasiones para explicar algún diagnóstico, para felicitar a los pacientes por haberse curado o para informarles sobre alguna mala noticia relacionada con su estado de salud. Los médicos acompañan a la gente a entrar al mundo, y luego a salir de él.

—¿Y por qué no pasaban? —seguí preguntando sobre la pareja que encontramos.

—Porque la señorita estaba trapeando el piso.

Una joven residente, ésta de zapatos azul marino, un tono menos intenso que el de los choclos de las enfermeras, entró con una silla de ruedas.

—Ya no tarda el doctor —dijo mirándolo a él y luego a mí, y yo no supe si la señorita se refería con eso del «doctor» a papá o a su médico de confianza. Creo que él mismo también lo dudó—. Le pido que vaya colocándose aquí, señor —acercó el vehículo y papá se dejó caer en la silla aliviado. En esta ocasión no hubo dudas de a quién le estaba hablando la doctora.

Papá es ahora un paciente más, como ésos con los que convivió a lo largo de los años, como aquel joven que minutos antes mandó a descansar. Rodando sobre su silla, se desplazaba con lentitud de un lugar a otro del cuarto, con una mano sobre el muslo contenía infructuosamente el resorteo de su cuerpo producido por el cólico infernal y con la otra giraba la rueda para moverse despacio. Estábamos en el mismo cuarto donde antes se había quedado horas extra a estudiar ciertos casos clínicos. Una de esas noches, algunos años atrás, se puso el saco y a punto de salir observó las pilas de líneas onduladas de los electrocardiogramas que había dejado un colega cardiólogo sobre un mueble largo. Era una arritmia fatal. No era especialista en cosas del corazón, pero esos padecimientos cualquiera los podía notar, se aprecian a simple vista en los resultados. Ese paciente no sobreviviría por mucho más tiempo y había que decírselo. Compadeció al médico que daría la noticia. Las líneas de aquella página, más que la representación gráfica de la actividad eléctrica del corazón en función del tiempo, dibujaban su inactividad total, su contundencia derrumbó a papá en una silla. Tal como ahora estaba también sobre la de ruedas.

Un médico, que no era él, vendría a darle un diagnóstico que no le iba a gustar. En la escuela les habían enseñado que debían tomar las cosas con realismo y así transmitirlas a los demás. Las enfermedades, les dijeron en clase, son simples moléculas que se comportan de modo anormal; el requisito básico de la vida es el metabolismo y la muerte, su cesación. En esos tres procesos se resume la vida de todos los seres vivos. Nacemos, enfermamos y morimos. No había por qué hacer tanto drama. Pero papá jovencito sintió compasión de todos modos por su colega, porque sabía cómo era eso de lidiar con las malas noticias.

—¿Cómo estamos, médico? —preguntó el doctor Rosas al entrar, y como un mago usó su bata de capa e hizo aparecer de pronto ante nuestros ojos un banco giratorio de rueditas, en el cual se sentó y se impulsó velozmente con los pies hacia nosotros. Traía unos bostonianos cafés—. Antes de que me respondas, déjame aclararte que me tardé en venir porque estoy buscándote un cuarto, pues como tú bien sabes, amigo, aquí siempre faltan…

—Camas —papá completó la frase conocida por los dos.

—¡École!

—Por lo visto no han cambiado mucho las cosas.

—¡Cómo no, médico! Te nos fuiste tú.

—En mis tiempos también escaseaban los medicamentos; y por lo que veo ahora hasta camas.

Papá rio y volvieron los saltitos de dolor.

—¿Duele mucho?

—Un cinco.

En la escala de dolor, ese número indica una molestia denominada como inquietante, en la que el paciente presenta una expresión de tensión y estrés en el rostro, realiza movimientos cautelosos y algunos gestos, manifiesta por momentos agitación y lamentos. A papá sólo le faltaban los lamentos, pero es que casi nunca se queja de nada.

—¿Empezamos la auscultación aquí en lo que te buscamos un cuarto por si hay que quedarse?

—Me pongo en tus manos, doctor —se rindió papá ante su médico.

—Me hubiera gustado verte desde el principio. ¿Por qué no viniste aquí antes? Supe que te trataste en un particular, canijo.

—Sí, amigo, contra todos mis principios.

—Estuvo bien, médico, no te creas.

—¿Crees que tomé la decisión correcta? —papá soltó la pregunta que se había aguantado de hacerse a sí mismo desde que supo que estaba enfermo.

—Aquí se hubieran tardado mucho, médico. Estuvo bien que te fueras para allá. Ora sí que las emergencias no respetan ideologías.

—No me refiero a eso —dijo papá, conteniendo un nuevo brinco con los brazos estirados sobre las rodillas—.

Necesito que me hables de médico a médico, amigo. ¿Hice bien al creer que yo tenía todo bajo control?

—No sé si fue lo mejor, pero, créeme, yo habría hecho lo mismo. Así somos todos los médicos.

—Siempre creí que la medicina era una ciencia exacta —dijo papá casi rendido.

—Me pasa exactamente igual.

Aunque uno traía puesta una bata blanca con el logo del hospital en la solapa y el otro había tenido que quitársela después de portarla durante años, en ese momento sólo eran dos seres humanos conversando sobre la vida y la muerte. Entonces el doctor Rosas se dirigió por primera vez hacia mí.

—Nos vamos a quedar —me dijo.

*

—¿Me cortarías las uñas, linda? —dijo papá.

Al escucharlo brinqué de la silla donde había pasado la noche a su lado en el hospital. Le miré las manos, el increíble crecimiento de las uñas, su empuje biológico y su independencia de la enfermedad.

—No tiene que ser ahorita, tranquila. Si pudieras hacerlo más tarde estaría bien. Todavía estamos aquí.

En efecto aún estábamos ahí, vivos, habíamos sobrevivido a nuestra primera noche fuera de casa, pero no teníamos cortaúñas. Salí del cuarto en busca de uno. En situaciones como la nuestra no podíamos aplazar nada porque desconocíamos si habría un mañana. Lo ayudaría con la manicura en ese mismo momento. Me dirigí hacia la farmacia de la clínica y frente al mostrador pedí lo que necesitaba para recortar sus láminas de queratina.

—No tenemos —dijo el que despachaba.

Me sentí perdida, como cuando sólo tienes un objetivo en la vida y para conseguirlo necesitas algo cuya existencia no depende de ti. En mi caso además llevaba prisa. No me podía quedar así.

—¡Qué clase de farmacia es ésta, que no vende cortaúñas! —fue lo único que me alcanzó a salir de voz y me di la vuelta.

La enfermera que había ignorado a papá cuando entramos el día anterior a la clínica pasaba por ahí y me escuchó. Su rostro se me quedó grabado. Al verme salir del local decepcionada de mí misma por mi falta de carácter para exigir lo que necesitaba, se acercó.

—Toma, sólo lávalo bien. Siempre traigo uno en la bolsa —me extendió un cortaúñas que tenía peces estampados de colores sobre el metal frío. Le agradecí quedándome con sus manos unos segundos entre las mías cuando me lo entregó.

Las manos de papá eran suaves al tacto. Es de los pocos hombres que conozco que se ponen crema. Pero sus rutinas de cuidado personal se han modificado en esta época y ahora sus manos estaban algo ásperas. Con las suyas entre las mías y dispuesta a realizar la acción para la que me convocó, no supe cómo comenzar. Nunca le había cortado las uñas a nadie que no fuera yo. Tuve miedo de lastimarlo. No sé qué tan cierto sea lo que pienso en estos días de que cualquier pequeño accidente podría ser mortal para papá debido a su estado. Desde mi perspectiva, frente a él, no podía calcular con precisión cuánto debía acercar el cortaúñas a su dedo, sin el peligro de rozarle el borde. Si quería dejar las uñas al ras iba a tener que arriesgarme a herirlo y no quería hacerlo, mejor se las dejaría ligeramente más largas de lo que yo solía cortármelas porque en mis propios dedos sabía hasta dónde llegar. Inicié con el dedo gordo y apenas terminé la primera uña me di cuenta de que la tarea sería complicada, porque los cortes quedaban disparejos si dejaba el crecimiento a la mitad y no al ras. Los dedos de papá eran más gruesos que la boca del cortaúñas y éste dejaba marcada la mordida a todo lo largo de la superficie en innumerables cortes. Además de untarle crema en las manos, le pasaría una lima a sus uñas para emparejarlas.

Entró una nueva enfermera desconocida al cuarto; en poco tiempo habían cambiado a buena parte del personal. Respiré. Al menos me daría tiempo para pensar en una manera más efectiva de cortarle bien las uñas a papá. Ella le tomó los signos vitales, con algo de prisa e indiferencia, y se fue. Los resultados de las placas que le habían tomado mostraban algo de mejoría en una sección de sus órganos. Qué raro. Clínicamente está mejor que antes pero ahora está hospitalizado. Lo darán de alta hoy, por decisión suya, bajo su propia responsabilidad. Si el final lo pesca que sea en su casa. Ése es su deseo. Un deseo que por supuesto se ha guardado para sí mismo. Lo único que me dijo fue que nos íbamos, porque todo está bien. Mintió para evitar sustos entre los dos.

De vuelta a mis labores en las manos de papá, quise estirar muy derecho su dedo anular, pero no pude ponerlo en horizontal. Éste y el que le seguía, el meñique, se resistían a extenderse como si estuvieran trabados, porque definitivamente ésa no era una potencia que papá estaba imprimiendo para evitarlo. Supuse que era la enfermedad que constreñía sus articulaciones, pero él exhaló una risita.

—No lo vas a lograr —negó con esa picardía con la que uno dice algo que nadie sabía antes y lo revela porque no hay de otra.

—¡Cómo que no! —me emperré, pues si ya lo había logrado con los otros dedos. Ejercí presión para enderezarlos, pero fue imposible. Papá se reía entre más esfuerzo ponía yo en tal acción.

—Mis ligamentos dejaron de funcionar ahí hace tiempo.

Solté sus manos como quien se deshace de algo quemante, porque a lo mejor yo las estaba lastimando con mi capricho. Las alejé como pude de mí.

—¿Nunca has podido estirar esos dedos? —pregunté con algo de pudor, cómo era posible que no me hubiera dado cuenta antes.

—Desde que me los lastimé.

—¿Por qué no me dijiste?

—Estabas chiquita.

Papá lleva décadas con una discapacidad en la mano que yo nunca había notado.

—Metí la mano en el coche mientras estaba en marcha.

—¿Cómo pudiste hacer eso, papá?

—Fue un accidente. A cualquiera hubiera podido pasarle.

—No.

—El carro no arrancaba y teníamos prisa.

—¿Quiénes?

—Tu mamá y yo.

—Pero tú nunca has tenido prisa.

—Se nos hacía tarde como para llamar a un mecánico y yo sabía algo de ingeniería automotriz. Teníamos que resolverlo pronto.

Le tomé la otra mano; dejaría las uñas del anular y el meñique para el final, cuando supiera el desenlace de su historia.

—Quedamos en que ella encendería el coche cuando yo se lo indicara…

Me detuve y lo miré a los ojos, presintiendo lo peor. Esa mujer había lastimado a papá, dejándolo impedido para siempre. Ay, cómo me gusta exagerar.

—No es necesario que me digas lo que sigue —lo interrumpí, así como interrumpí la rústica manicura que le estaba aplicando.

Sus ojos lloraban lágrimas involuntarias por la enfermedad, dejando marcas blancuzcas en las comisuras de segregar lágrimas sin querer.

—Fue un accidente, hija, nada es para tanto.

—¿Eso es lo que crees, papá?

—Confío en los seres humanos. Algunos torcieron un poco el camino por culpa de las circunstancias, pero todos hacemos lo mejor que podemos.

—Ella no es una persona de fiar.

—No vale la pena ser tan duros con los demás.

—¿Me estás diciendo que soy dura con una persona que estuvo a punto de rebanarte los dedos con el motor?

—Bueno, ella no sabía usar un coche…

—Ten un poco de odio hacia los demás, papá. ¡Por una vez en tu vida!

—Tal vez fui poco claro a la hora de darle las indicaciones.

—Nada de eso, papá. Esa mujer nos abandonó y si regresó ahora fue por puro interés. Prométeme que no volverás a buscarla —decirlo fue un parteaguas. El fin de una era y el comienzo de otra. Como si con eso me hubiera deshecho de un gran peso.

—Ay, hija, lo prometo, está bien. Pero hay algo que debes saber: nadie es tan malo ni tan bueno.

Sigo sin convencerme de esto que dijo papá, pero en ese momento me sentí más segura en adelante al cortar. Es impresionante cómo adquirimos experiencia en una actividad nueva casi al instante. Sobre todo, que las palabras tengan ese poder de hacernos cambiar. Había olvidado la magia que conferí al lenguaje en sí. Terminé de cortarle las uñas de las manos, manipulé su meñique y anular lesionados con mucho cuidado y me esmeré incluso más en el emparejamiento. Quedaron perfectas. Mi técnica a partir de ese instante consistió en hacerlo con cuidado, pero con seguridad, y así pude cortarle las uñas de los pies también, que ni siquiera tuve que limar, porque a la primera quedaron limpias y parejas. Unté crema en los puntos de contacto de papá con el mundo y quedamos en que lo primero que haríamos al volver a casa sería cortarle el pelo, porque ya lo traía crecido.

Hemos comenzado a prepararnos para algo que desconocemos, y a papá le interesa llegar pulcro, como siempre ha sido.

*

Entré a la habitación de papá con las tijeras para cortar el pelo que mamá usaba conmigo. Las había encontrado esa vez que esculqué en los cajones, en busca de algún rastro de Minolta. Él se desplazaba de un lado a otro con una prenda de un color en una mano, otra de otro en la otra, y en el torso una camisa puesta, pero sin abotonar.

—¿Listo?

—Casi. Estoy probando cuál me queda mejor —respondió papá—, si ésta o ésta —alzó las dos prendas que traía en las manos, cada una a su tiempo, mostrándomelas, eran una playera y una casaca respectivamente.

—¿Para qué? —cuestioné algo extrañada—. Lo que tú necesitas es descansar, no andar de aquí para allá como loquito. Acabas de estar internado, pa, no manches.

—¿Listo para qué, por cierto? —dijo, sin responder a mi pregunta.

—Quedamos en que hoy te cortaría el pelo. Ya pareces Jaime Maussan.

Nos reímos, aunque yo más que él.

—¿No has visto cómo lo trae? —insistí—. Su problema es que tiene mucho pelo. Cada que se lo corta, el peluquero le da forma a su cara en medio de esa melena y no al revés.

Papá no añadió nada más a mi comentario sobre el cazador interplanetario. Parecía como si no le hubiera causado mucha gracia. Se quitó la camisa gris que traía puesta y se enfundó la casaca verde fosforescente con vivos azules a los costados y «Torbellinos» en letras amarillas mayúsculas al frente, de su antiguo equipo de basquetbol.

—¿Algún reencuentro de juventud que no sepa? —pregunté con algo de sorpresa.

196

—No.

—¿Entonces?

—Quiero irme de aquí lo más cómodo posible.

—¿De dónde?

—De este mundo —lanzó la casaca a la cama y se puso la playera deportiva que siempre usaba cuando estaba en casa, una de cuello redondo color azul marino, que tenía un pequeño ciervo en el pecho, a la altura del corazón.

—¿Perdón? —me quedé como atontada, intentando distinguir si era una broma o si lo decía en serio.

Pese a la enfermedad, papá parece un hombre sano, incluso fuerte. Formó parte de un equipo de baloncesto en su juventud, los Torbellinos, que jugaron varias ligas, ninguna profesional, y se coronaron campeones en todas las amateur.

—No es como que hagas una cita con la muerte y te mueras, ¡eh! —seguí.

—Todo en esta vida es una decisión.

—Pues si tanta decisión tienes, quédate conmigo entonces, por favor. Nada más tienes que decidirlo, ¿no?

—Siempre voy a estar...

—No me vengas con esas cursiladas que se dice la gente cuando alguien muere.

—No es una cursilada, Abigaíl. La materia no se crea ni se destruye, sólo se transforma. Son las leyes de la química.

Papá extrajo una imagen de papel de su cartera y me la mostró.

—Lavoisier —dijo mientras me entregaba la biografía del padre de la química moderna, de ésas que se compran en cualquier papelería. Cuando la vi, caí en la cuenta de que papá trae el pelo como su ídolo, porque debe de ser su ídolo al traerlo en su cartera, donde ni siquiera guarda fotos mías.

—¡Te pareces a él! —exclamé, riendo exageradamente y se me cayó la baba. No supe si lo excesivo de mi risa se debió a que es chistoso el parecido entre papá y aquel científico francés o a que no estaba lista para algo gracioso en ese momento y la contracción brotó sin control de mi boca en forma de carcajada y saliva en exceso. Me puse nerviosa.

Mis comentarios sobre la apariencia de su cabellera no le estaban gustando del todo a papá, lo tenían inconforme, como si en ninguna de las dos comparaciones que había hecho hubiera acertado, primero la de Maussan y luego la de Lavoisier. Papá quería parecerse a alguien más que yo debía adivinar. Se volvió a poner la casaca de los Torbellinos y, en esta ocasión, extrajo del clóset unas bermudas del mismo color chíngame la pupila. Era su uniforme de basquetbolista. Entró al baño y salió como antaño en las canchas donde anotaba puntos, con las calcetas hasta las rodillas. Refulgía. Sólo le faltaban los tenis de bota para protegerse los tobillos al driblar. Después de esos partidos bajo el sol, papá nunca se asoleó más o eso parecía; su piel era de un blanco irreal.

—Una vez se armó la trifulca —papá quebró el silencio—. Yo nunca fui peleonero, pero uno del equipo contrario me bajó la bola en la cara al hacer tapón —hablaba con la soltura del lenguaje que proporciona la remembranza de la juventud.

—¿Y qué hiciste?

—Pues no me iba a poner al tú por tú.

—¿Por?

—Primero porque yo jugaba sin lentes, entonces veía poco, y luego porque el tipo era más alto que yo. Me dejó por ahí tirado.

—¿Quién la hizo de tos, entonces?

—Mi hermano. Se quitó el cinturón y a todos les dio una zumba. ¡Hasta a los nuestros les tocó paliza suya! Estaba como loco Damián. Ya ni distinguía.

Me sorprendió un poco lo que dijo porque era evidente que el tío para ese entonces había muerto, pero papá parece muy seguro de haber compartido las canchas con él, como si Damián nunca se hubiera separado de su lado. Dudo que papá haya enloquecido, o quizá sí, pero prefiero creer que así se manifiestan los que queremos en nuestras vidas, aun cuando han dejado de formar parte de esta dimensión. Los sentimos vivir. En su uniforme deportivo, mi padre se sentó sobre la cama y extrajo del buró un libro de portada amarilla.

—Quiero irme así, hija. Necesito que te hagas cargo de esto —papá se puso derechito como un soldado, se colocó el libro en el pecho y cerró los ojos. Parecía un atleta muerto.

—¡Papá! No bromees con eso. ¿Qué te pasa? No seas así.

«Curso de tensión dinámica en diez pasos», decían las letras negras de la portada y un poco más abajo: «Para ser fuerte en quince minutos». Le quité el libro, algo molesta de su insistencia con la muerte, y en la contraportada pude leer la siguiente leyenda: «He convertido a miles de individuos en hombres de pelo en pecho. ¡Permítame demostrarle que puedo hacer lo mismo por usted!». El autor era un tal Charles Atlas, quien además prometía todo aquello sin el uso de aparatos de gimnasio ni pesas. Recordé a papá enredado en esas posturas que parecían de yoga días atrás. Éste era el dichoso libro donde las aprendió.

—Si no hubiera sido médico me habría gustado ser atleta de alto rendimiento —confesó papá mientras yo pasaba las hojas del libro rápidamente, no fuera a ser que se me desplomara ahí mismo. Tenía que estar atenta al mínimo movimiento.

—¿Qué te lo impidió? —mejor cambiar el tema, profundizando en los detalles.

—Mis problemas de la vista.

—Pero eso se hubiera resuelto con unas gafas protectoras graduadas —dije con la suficiencia que da vivir en una época en la que esos accesorios existen.

—Uy, no había esas cosas en mis tiempos y cuando hubo yo ya estaba grande para eso.

Dispuse sobre el buró los instrumentos indispensables para llevar a cabo mi labor sobre la cabeza de papá: unas tijeras de filo, un peine, un cepillo de cerdas gruesas y un par de pinzas para sujetar el pelo. Los mismos que usó él conmigo aquellos días en que tomaba su curso de peluquería por correspondencia, cuando yo traía el pelo larguísimo. Las cosas se han invertido. Con su libro de Charles Atlas en la mano, se sentó frente a mí, en una silla, dispuesto a ser mi conejillo de Indias, pues yo nunca antes le había cortado el pelo a nadie. Una vez ahí me mostró la solapa del libro.

—Córtame el pelo así, por favor.

Cuando vi la foto del autor en la solapa comprendí por qué mis comentarios sobre su apariencia lo habían incomodado. Papá nunca se hubiera permitido parecerse a Maussan o a Lavoisier porque, en realidad, quería verse como Charles Atlas. Entonces me preocupé un poco cuando me di cuenta de que su modelo de estética favorito tenía el pelo ondulado y rubio como un waffle. El cabello de papá es blanco y negro y rotundamente lacio. Jamás iba a parecerse a su verdadero ídolo, a menos que se lo pintara y se hiciera permanente. Comencé la faena en su cabeza sin decirle nada que lo desilusionara.

—Este hombre hizo lo que yo nunca pude hacer —reinició la charla, con mis manos sobre su cabeza—. Ser fuerte sin necesidad de levantar pesas.

—¿Seguro? Yo creo que has sido muy fuerte y no me refiero sólo a los conejos en los brazos, que, según recuerdo, también los tuviste algún tiempo.

Papá me sonrió.

Debía pedirle por momentos que levantara un poco la cabeza porque la bajaba demasiado y yo me sentía como una estilista profesional, pero él tenía toda la atención puesta en las lecciones de su maestro de tensión dinámica, cuyo secreto estaba en contraer los músculos en series de pocos minutos durante todo el día, a lo largo de algunos meses. Un método que se puso de moda porque se podía desarrollar sin problemas en casa, siguiendo las rutinas perfectamente descritas en un libro que mandaban a quien lo quisiera por correo postal.

Charles Atlas fue el hombre fuerte más famoso del mundo, antes que Schwarzenegger y Stallone. Convirtió en negocio el culto al cuerpo tonificado. Sin él, el sueño de estar en forma sería ahora sólo de los deportistas. Ideó un plan de ejercicios para aumentar la masa muscular y lo puso en venta, a través de una campaña publicitaria ingeniosa que demostraba los beneficios del entrenamiento físico. Los anuncios contaban la historia de Mac, quien sufría todo el tiempo las injusticias de tipos abusivos o mujeres que lo despreciaban por su extrema debilidad y delgadez. Con el programa en pasos de tensión dinámica, el ñango Mac se convertía finalmente en un hombre musculoso, capaz de hacerle frente a sus agresores y conquistar a cuanta chica se cruzara en su camino.

El despunte fue más rápido de lo que creí, ni siquiera tuve que usar las pinzas para sujetar el pelo porque cualquier cosa que le ponía encima se resbalaba. Cuando le mostré cómo había quedado con dos espejos encontrados para que pudiera apreciar la parte trasera de su cabellera, tal como en las peluquerías, tuve miedo de su reacción. Papá me reclamaría porque su cabello evidentemente no había quedado como el de Charles Atlas, pero es que eso era imposible y creo que lo entendió.

—Ni yo lo hubiera hecho mejor, hija —dijo, y eso que él tenía credenciales de estilista.

XI

Ahí estábamos, papá y yo, de pie frente al retrete.

—¿Cómo pudo haber ocurrido algo así?

—Bueno, hija, supongo que algunas cosas pasan y ya. Nada es para tanto.

Rodeé el escusado como si admirara una escultura, pero buscando en los alrededores por si había algo tirado por ahí.

—¿En el escusado?

—No podría asegurarlo, pero según mis cálculos, es probable que sí. La última vez que los vi estaban ahí —apuntó con el índice a un lugar impreciso entre la taza y la regadera.

Miré el punto que señalaba, un recuadro vacío de un mosaico faltante en la pared. Una composición blanco, verde y azul, en apariencia inofensiva, interrumpida por un hueco enmohecido que se había tragado el objeto más preciado de papá. Me distrajo la fuga de agua en la regadera que comenzó a gotear ayer. Descorrí la cortina y giré las llaves de un lado al otro, como si con eso ajustara el desperfecto, pero ahora la filtración, que antes caía intermitente, se había convertido en chorro y brotaba del grifo con fuerza. Se formó un canal.

—A ver, siéntate ahí, pa —señalé la taza de baño—. Necesito que hagas memoria.

—¿Tú crees que sentándome ahí voy a hacer memoria? Haré otra cosa, pero memoria no —echó una risita.

—Ya, papá, no juegues. Sólo haz lo que hiciste la última vez que los viste, por favor. Dicen que para recordar algo ayuda hacer movimientos parecidos a esa ocasión de la cual queremos acordarnos.

De niña se me cayó un caramelo al inodoro, lo traía en la bolsa trasera del short. El dulce salió impulsado en una curva poderosa, despeñándose para siempre. Era de fresa y el agua se tiñó de rojo al instante, como mi boca al masticarlo. Aun envuelta con el plástico, la pastilla pintó malévolamente el líquido del color de la sangre. Esas golosinas eran puro colorante. A cualquiera se le podía caer al retrete lo que trajera en los bolsillos, pues, pero papá no se quitaba los lentes ni para bañarse. «No podría asegurarlo pero, según mis cálculos, es probable que se me hayan caído a la taza de baño», murmuró esa mañana, antes de que nos involucráramos, él y yo, en esa búsqueda de vida o muerte. De haberse despeñado por ahí, como él creía, se habrían quedado flotando, eran ligeros. Unos lentes nueva generación, montados al aire de tres piezas: varillas, micas y puente, sin armazón. Levanté la tapa del escusado: pura agua contenida en ese recipiente circular, receptáculo de nuestros desechos.

—No tengo ganas, hija. Perdón —suspiró él.

—¡Papá, ya! No tienes que hacer para acordarte. Sólo necesito que te sientes y ya.

—Y yo necesito papel. No hay papel.

Salió del baño tanteando la pared.

—¡Ven acá! —mi grito quiso seguirlo desde donde yo estaba.

Un paso tras otro sin despegar las suelas del piso, como si quisiera evadir algún obstáculo en el camino, papá deslizaba igualmente una mano sobre la pared y la otra en alto, a la altura de la cara, le servía como pequeño escudo frente a lo que pudiera lastimarlo. Caminaba como si estuviera ciego. Nunca lo había visto así. Conocer bien su casa lo condujo sin percances al clóset donde guardaba todo eso que no se deja a la vista de los demás. Resbaló la mano hasta la manija y tiró de ella, abriendo la puerta. Pude ver cómo papá se dejó guiar ahora por el olfato, tal como mueven la nariz los perros, hizo con la suya y dio los pasos calculados hacia su objetivo: los rollos de papel perfumados. Veía casi nada de lejos sin los anteojos puestos y eso era un secreto que conservó para sí mismo el tiempo que llevábamos conociéndonos y que esa mañana yo descubrí sin querer, o porque quizás él quería que lo supiera de una vez.

Otra vez frente al retrete, papá dispuso la tira larga de papel que traía en las manos sobre la taza en un círculo imperfecto y se sentó encima con los pantalones puestos. Jaló del pequeño cesto de al lado alguna plana del periódico y pasó las hojas, entrecerrando los ojos. Al cabo de unos segundos, aventó el diario por ahí.

—¡Me lleva! —rabió.

—¿Qué pasa?

—No veo una maldita letra —tampoco era afinada su visión de cerca.

Papá hubiera permanecido sentado en el inodoro el tiempo que fuera; no le lleva la contraria a nadie, le gusta complacer. Tuve que decirle que se parara de ahí para que de veras lo hiciera. Se incorporó con dificultad, arrugó el papel que había dispuesto alrededor y lo lanzó adentro con fuerza.

—¿Tienes otros?

—Unos que se me rompieron hace tiempo mientras dormía.

—¡Quién se duerme con los lentes puestos, papá, por Dios!

Di un paso hacia atrás y lo miré a los ojos con ese gesto de extrañeza con el que vemos a alguien hacer algo raro, como preguntando: ¿Y ahora qué piensas hacer?

—Los he perdido para siempre —dijo con la seriedad de quien habla sobre lo que nunca volverá a ser.

Bajó la tapa del retrete y me indicó con la mano que me sentara a su lado, sobre la taza. Algo incómodos nos pusimos los dos uno al lado del otro, con la fuerza de la gravedad en nuestra contra, pues apenas cabíamos ahí.

—¿Cómo pudo haberte pasado esto, papá? —pregunté, mirando hacia el frente; quedamos tan cerca que ni siquiera podía volverme a mirarlo sin chocar las caras.

—Yo creo que me distraje en algo —respondió.

—Pero ¿por qué no los sacaste de ahí antes de descargar?

—Porque no veo nada. Sin lentes no veo nada.

—Hubieras esperado a que yo llegara.

—¡Cómo crees! No tienes por qué ver los desechos de alguien más.

No hubiera sido la primera vez, pero preferí omitir ese dato porque habíamos quedado de callarnos ese penoso episodio, hasta a nosotros mismos. Papá giró la cabeza hacia mí y quedamos tan cerca esta vez, que, casi como un reflejo o más bien como un accidente, me besó rápidamente la mejilla y se levantó. Emprendió el camino a ciegas hacia la sala, con la suficiencia de haberlo hecho antes ya, y dio unos pasos, tanteando la pared para guiarse por el pasillo.

—Podemos comprar unos nuevos —insistí, a sus espaldas.

Papá se detuvo y volteó con los brazos estirados hacia mí. Dudé lo que significaba ese gesto entre nosotros. Lo había visto en las películas. Cuando uno de los personajes lo hacía, otro correspondía con el mismo movimiento. Era algo totalmente nuevo. No recordaba que lo hubiéramos hecho antes él y yo. Ni siquiera el beso que me había dado minutos atrás. El gesto más próximo de amor físico de parte de papá hacia mí hasta ese momento era tomarme de la mano. Sentí como si fuera a desmayarme por la emoción de lo inesperado. Quise saltar hacia sus brazos, pero a veces la voluntad es insuficiente. Mi cuerpo me estaba traicionando. Papá me había llamado para darnos un abrazo y lo único que pude hacer fue quedarme quieta frente a él, presintiendo algo malo. Estaba segura de que lo que vendría tras ese mimo era una mala noticia. Nuestra vida había transcurrido sin mayores sobresaltos, lo suficientemente tranquila como para considerar el contacto físico en un afán de reconfortarnos. Y si yo podía evitar esa desgracia resistiéndome, resistiría. No nos abrazamos.

—Quisiera decirte algo, linda, ven.

Me planté con fuerza en el piso. En efecto, algo malo venía.

—Ya no voy a necesitar más lentes.

—Pero estás prácticamente ciego, papá —me brotó la voz como un milagro.

—No los necesito más porque no podría asegurarlo pero, según mis cálculos, es probable que hoy sea el último día de nuestra vida juntos.

Una tos espontánea destrabó mi inmovilidad y me condujo en automático por la cubeta más grande que había en la cocina para cambiarla por la otra pequeña, a punto de desbordar, debajo de la gotera. En estado flotante me encaminé al baño, donde todo había comenzado. Puse la bandeja nueva y arrastré la vieja a un lado de la taza de baño. Después oriné durante varios segundos, más de lo normal, y al vaciar el agua del recipiente en el escusado para descargar, se deslizaron los lentes de papá junto con el papel de baño en el que los había envuelto minutos atrás, yéndose por el sifón sin poderlo impedir. Conque estaban ahí. Di un manazo al tanque. Las historias sobre personajes sentenciados a muerte tratan de lo que hacen los días previos a su desaparición definitiva, y siempre eligen pasar los mejores momentos en compañía de sus familiares y sus amigos. Si hacía caso a papá, éste era nuestro último día juntos y lo habíamos gastado en la búsqueda inútil de unos lentes que él había perdido a propósito. Al abrir la puerta, ahí estaba, esperando, y ahora sí nos abrazamos. Me rendí. Éramos las dos piezas del rompecabezas que no terminan de embonar, pero para ser la primera vez en la vida que nos acoplamos en esa forma no nos salió tan mal.

*

Papá despertó a las cinco de la mañana como cuando solía pararse a trabajar. La rutina siempre ha tenido un lugar preponderante para él; cada mañana parece estar preparándose para ir al trabajo, con la diferencia de que ahora está jubilado.

—Duerme otro rato —le dije cuando abrió los ojos. Me había quedado a velar su sueño en el cuarto, por si pasaba algo inesperado con respecto a esa declaración suya sobre el último día juntos. Me sentí bien, seguía vivo.

—Se hace tarde, hija —intentó levantarse de la cama sin lograrlo.

—Pero ya no tienes que ir a trabajar.

—Morirse cuesta trabajo —quiso incorporarse de la cama por segunda vez sin resultados.

—¡¿Otra vez con lo mismo, papá?! —pasé de la tranquilidad al pasmo.

—Morirse toma su tiempo —siguió forcejeando consigo mismo.

—Me estás asustando.

—No tengas miedo, hijita. Estás preparada para esto.

—No estoy lista. Nunca se está listo para algo así. ¿Tú qué sabes de eso?

—Yo mismo te preparé para este momento, Abigaíl —su voluntad se batía en duelo con su cuerpo.

—¿De qué momento estás hablando? ¿De qué se trata todo esto?

Papá había logrado sentarse en la cama y yo lo devolví al lecho, haciendo fuerza con las manos sobre sus hombros. Parecía insatisfecho con arruinar antes nuestro último día juntos y ahora pretendía hacer lo mismo, poniéndose así.

—¡Que me ayudes a parar, te estoy diciendo! —dijo en voz alta, pues sus fuerzas eran tan pocas que ni siquiera pudo juntarlas para gritar.

—¡Dime lo que me tengas que decir y ya, papá! —sentí de pronto que efectivamente se nos estaba acabando el tiempo.

—Hagamos esto más fácil, Abigaíl. Me canso. No tomé en cuenta tu estrés en lo que tenía planeado —juntó las palmas en rezo.

—Bueno, ¿qué necesitas?, ¿qué hago? Esto es absurdo, papá.

—Pásame ese libro de allá —señaló el quicio de la ventana.

Los libros, nuestros libros, hasta el final. Había dos ahí y dudé a cuál se refería.

—El de Charles Atlas no. Yo me voy con ése, acuérdate, y tú te quedas con el otro. Tráeme el tuyo, hija, por favor.

Se lo di y noté que de súbito ya estaba sudando.

—¿Papá, estás bien?

—Escucha bien lo que voy a decirte, Abigaíl.

—¡Papá, estás sudando!

—Pon atención, Abigaíl.

—¡Papá, estás temblando!

—¡Con un carajo, Abigaíl!

Era evidente que algo se estaba apoderando de su cuerpo, sólo de su cuerpo, pues la mente seguía lúcida. Empecé a sudar yo también.

—¡No puedo, papá! ¿Qué voy a hacer sin ti?

—No pasa nada, hija. Es la muerte. Mírala. Míranos.

Me quedé muda, y arrodillada frente a él, su cama se me figuró una plancha mortuoria.

—Vas a sentir todo esto que dice aquí —me acercó el libro sin quitar el dedo del párrafo que debía leer, pero era imposible, las letras atropellaban los renglones. Las frases bailaban como burlándose de mí. Todo en la página se movía.

—¡No entiendo nada, no veo nada, no sé leer! ¿Qué voy a sentir?, ¿cuándo? —estaba desesperada. Ni siquiera tomé el libro.

Papá se pegó el libro a los ojos y se puso a leer rapidísimo, sin las pausas adecuadas para la compresión. Apenas veía, pero su gran capacidad lectora lo sacó adelante, también debió haber sido su memoria. Las palabras que salían de su boca sonaban a algo que yo nunca había escuchado, pero él sí.

—Los/sobrevivientes/se/sienten/envueltos/en/un/capullo/que/los/protege,/dan/la/impresión/de/estar/llevando/la/ausencia/con/entereza./La/realidad/de/la/muerte/todavía/no/ha/penetrado/en/la/conciencia,/pareciera/que/están/asimilando/la/pérdida —leyó de corrido. Era otro lenguaje, uno de ultratumba. Pensé que así habla la agonía.

Intenté esclarecer mentalmente lo que iba a pasar a continuación, lo que iba a tener que hacer solita. ¿Llamar una ambulancia?, ¿a la policía?, ¿llorar?, ¿gritar?, ¿morirme también? Era la muerte de papá y yo la estaba mirando de frente. Era real, estaba ocurriendo.

—Vas a estar bien —inhaló profundo y exhaló de golpe.

—¡Papá! —sentí cómo lo perdía.

Ahora sí me puse a llorar como una niña. Se acercaba el momento de despedirnos para siempre. Le tomé las manos, le besé una y luego la otra, como él besó siempre las mías.

—Chiquita —se compadeció de mí.

Las despedidas son tan rápidas, que yo no supe qué más decirle a papá y él se murió sin darse cuenta. Su rostro adquirió una expresión novedosa, pero a la vez conocida; conservaba ese algo de arcaico que tenía de vivo. Los tiempos de Abraham resucitaban en la cara de mi progenitor. En su mirada resurgía, con sus costumbres y parajes misteriosos, la antigua era patriarcal, en que sólo existían los padres de rasgos pétreos y barbas enmarañadas y los ancianos seguían procreando hijos a los cien años. Al morir dejamos de parecernos a nosotros mismos, abandonamos la pretensión de ser algo y sólo queda eso que siempre fuimos en realidad. A él no le ocurrió porque a toda costa fue lo que quiso: un hombre bueno que creía en la vida. Es inverosímil que mi padre sea ahora un hombre muerto.

Era de mañana pero la noche descendió como una maraña negra y me dio miedo. Sentí que me volví loca. Grité. Había llegado al límite de mi resistencia. El aire acumulado en mis pulmones era demasiado y no iba a poder respirar a menos que lo echara fuera con todas mis fuerzas. Entré en un mundo sin formas, donde sólo había vapores y yo misma era uno. Un gesto mínimo de papá me hubiera devuelto al centro de las cosas. Pero él ya se había ido. Sus pupilas se quedaron estáticas hasta convertirse en círculos fijos negros.

Empecé a conocer el mundo a solas en ese mismo instante. Me separé de mis pasos y los oí retumbar en el pasillo. Necesitaba hablar con papá de todo eso. Qué desgracia. No había nada de lo que yo no platicara con él. Le diría que había muerto repentinamente. Pero de eso seguro sabía más que yo y me diría que una característica esencial de la muerte es que siempre avisa su llegada con tiempo. Papá supo perfectamente cuándo se iría de aquí y preparó todo de algún modo para evitarme la locura tras su desaparición.

*

Las pocas pertenencias que papá dejó son útiles y todas se encuentran en buen estado. Llevó a tal extremo su afición por la cultura del úsese y tírese que acumuló apenas lo necesario para vivir, como cajas enteras de pañuelos desechables, por ejemplo. Los *kleenex* eran su adoración, le permitían sonarse las narices y olvidarse del pañuelo tradicional, que era un depósito de gérmenes en el bolsillo, en su opinión. Maravillado con el acelerado proceso de industrialización experimentado en el país a finales de los años cincuenta, cuando se popularizó el estilo de vida desechable, con artículos que eran tan baratos que no había por qué limpiarlos, sino simplemente usarlos y echarlos al bote de la basura, papá incorporó gustoso esos inventos que le facilitaban la vida y que ocupaban un espacio efímero en la casa. Nunca le gustaron las complicaciones. «Tengo una hija», decía cada vez que tomaba del anaquel del supermercado alguno de estos productos en su versión comestible. «No podría asegurarlo, pero según mis cálculos, es probable que usar esto me permitirá tener más tiempo libre para pasarlo con ella», se refería a mí en tercera persona, como si estuviera justificando su elección ante alguien más que yo.

Papá se deshizo en su momento de esos objetos que me llevaría tiempo desechar, dejando sólo aquellas posesiones perdurables en el tiempo, como su casa, su coche y el horno de microondas. También un ejemplar de la revista *Life* en inglés, que alguno de sus amigos extranjeros por carta le debió de haber enviado en intercambio. Papá desconocía ese idioma y me pareció raro que hubiera elegido una publicación así entre sus posesiones más preciadas, aunque al ver la fecha, correspondiente al año 1955, concedí que se tratara de un documento valioso por antiguo. Al pasar los dedos, el volumen se abrió en un lugar específico. Dos páginas de anuncios y en medio una hoja suelta con la letra de papá que decía: «Los objetos que usted ve en esta imagen volando…». La primera plana está ocupada por la fotografía en blanco y negro de una familia compuesta por un padre y su hija, que ven con emoción cómo planean alrededor suyo platos, vasos, servilletas, manteles y otros enseres domésticos. Abajo se lee en inglés lo mismo que papá escribió en español en el papel suelto. Tradujo la publicidad de la marca Throwaway Living (Vida Desechable), cuyo lema era: «Los mejores amigos del amo de casa». En la segunda plana, se describe la cantidad de horas que el señor ahorraría al adquirir esos maravillosos artículos del hogar, lo cual redundaría en pasar más tiempo, padres e hijos, juntos y felices. Si bien los platos de cartón y las servilletas de papel ya existían, ahora eran más atractivos, porque se podían tirar sin problemas luego de un uso. Entre los productos nuevos estaban los vasos y los cubiertos de plástico. También se despliega una lista de utensilios útiles tales como contenedores de comida congelada, pañales desechables —a los cuales se les adjudica alegremente ahí mismo el aumento de nacimientos en Estados Unidos—, sartenes y hasta una parrilla de barbacoa portátil, cada uno con su precio que era menor a los tres dólares. Papá debió asombrarse enormemente al ver que todo eso existía, los objetos, por supuesto, pero también las familias formadas por un padre y una hija, como nosotros, aunque fuera en otras partes del mundo, y por tal motivo se esmeró en descubrir lo que decía el anuncio. Un entusiasmo genuino resalta más que sus deficiencias en el idioma inglés.

Parecía como si papá hubiera querido que me olvidara pronto de él. Sin funeral ni entierro, sería sólo cenizas. Los trámites se resolvieron con rapidez, tenía a la mano los documentos necesarios que se había encargado de ordenar por carpetas en su archivero. Mi certificado de preparatoria estaba a unos fólderes de su testamento. Cuando tuve los resultados de la necropsia porque papá quería donar algunos órganos al final si la enfermedad lo permitía, me enteré de que su cuerpo en efecto había respondido bastante bien al tratamiento. Los dolores que sintió anteriores a su muerte fueron producidos por una colitis nerviosa, como la del hombre al que él mismo diagnosticó en la entrada del hospital. Papá empezó a morir el día en que el doctor Traviesa le dijo que estaba enfermo o tal vez fuera que él moría a diario, y también renacía. Como haya sido, el médico de papá dejó de parecerme atractivo.

Sin nada más que hacer tras su desaparición definitiva, se me ocurrió avisar a nuestros seres queridos sobre el deceso de papá. Pero se me quitaron las ganas, no me quedaba nadie más. Recordé a sus amigos del hospital y me sentí comprometida con ellos. Fui ahí una tarde con la ilusión de encontrarlos, pues ni siquiera tenía sus teléfonos. Me planté en la entrada a la hora que solíamos llegar para las terapias. Si tenía suerte, los vería antes de que ellos entraran a su consulta y les diría que el doctor Ángeles había muerto. No podía soltarles la noticia así nada más; esos hombres estaban enfermos de lo mismo que papá. Entonces una vez ahí se me hizo ridícula mi propia presencia en el lugar. Me arrepentí. Tampoco iba a poder con el entusiasmo del más extrovertido de los tres. Pedí para mis adentros que llegara antes el gemelo de papá. Sentí incluso que eso sería lo más justo, dado su parecido físico. Pero no siempre se nos cumplen los deseos y el señor Sosa, el hablantín, apareció primero.

—Qué gusto verla por aquí, señorita —dijo cordial como siempre.

—Lo mismo digo, señor —mentí porque me dio rabia verlo vivo a él en lugar de papá.

—¿Cómo está su padre? No lo hemos visto últimamente por aquí. ¿Todo bien?

—Ha muerto —solté la noticia así y su contundencia me volvió a golpear.

—No me diga eso, ¿Abigaíl?

—Sí, Abigaíl.

—¿Sabe usted el significado de su nombre, Abigaíl? —dijo el señor Sosa, como si no tuviera algo mejor que decir ante lo que se acaba de enterar.

—Este, no —respondí algo extrañada con la pregunta del amigo sabihondo de papá.

—La alegría del padre. Es de origen hebreo.

*

No tuve de otra más que acercarme al libro que papá dejó al retirarse para siempre. Lo estaba evadiendo. Tal vez tuviera miedo de lo que iba a encontrar ahí, por algo me lo dejó tan explícitamente. Había olvidado lo que decía y eso que él leyó unos renglones antes de morir. En una de esas

213

lo había bloqueado. Se llama *Duelo: Reacciones, consecuencias y cuidado*, del doctor Martirio González. Me reí. Papá sabía que me carcajearía ante esa puntada de que alguien especializado en la muerte se llamara así. El doctor Martirio, por su parte, podía sentirse contento de haber cumplido con su propósito de vida para el que vino al mundo, no me lo imaginaba dictando conferencias sobre optimismo. Él hacía lo que debía hacer: analizar el fenómeno del duelo.

Le cuento a cualquiera que conoció a papá sobre su muerte, pero lo digo como si le hubiera ocurrido a alguien más distinta a mí. Las personas con las que hablo de eso me dicen que ya lo saben y dudo de si se los relaté yo. Lo repito tanto, quiero hacerles creer que es verdad, pues ni siquiera yo misma creo a veces que pasó. También ellos desconfían de pronto de que una cosa así haya sido posible, que papá decidió morir. Me enojo por sentirme tranquila, por llorar muy poco. He llegado a darle la razón a papá de que él mismo me preparó para este momento. Una tarde me di cuenta de que lo estaba esperando, como si eso fuera posible desde el mundo de los muertos. Quiero tanto a mi padre que espero su regreso. Sé que en cualquier momento volverá. Me dejo llevar por la fantasía. Mi caso parece de manual.

He tenido un sueño. En una hectárea de pinos negros, cuyos troncos plateados por la luna proyectan sombras oscuras sobre el suelo, unos osos se han sentado a la luz, como una fila de budas respirando profundamente con las zarpas apoyadas en las rodillas. Echan la cabeza atrás para atrapar los terrones de azúcar que alguien les lanza por los aires. A unos pasos, en su lecho de paja, alumbrados por un farol, unos ciervos recién nacidos tiritan. Al abrir la puerta del corral se arrojan sobre mí, tambaleándose sobre sus patas inseguras. Me chupan los dedos, me dan golpes bruscos pero imprecisos con la cabeza. Son algo extraños, pues a pesar de ser unas crías se han desarrollado como si fueran adultos. Entonces ese alguien que antes lanzó en la oscuridad la comida para los osos, a quien no puedo distinguir porque su tronco es tan largo que su cabeza es tapada por las nubes, me da una mamila. Los cervatos succionan el biberón desesperadamente, con la mirada fija, mientras en las comisuras se les acumulan gotitas de leche, formándoles un bigote blanquecino. Son graciosos. Miro su entusiasmo en esta práctica de supervivencia. Yo sabía en el sueño que estos ciervos ya se habían extinguido y los únicos ejemplares vivos estaban repartidos en varios zoológicos del mundo. A la luz temblorosa del farol, mientras esos animales milagrosos chupan el líquido lácteo, soy consciente de que son los últimos de su especie. Me siento afortunada de ser testigo de una aparición así.

*

He regresado a nadar para distraer mis pensamientos. Todas las actividades que realicé en mi vida anterior tenían que ver con papá. Por momentos es como si no supiera qué hacer conmigo misma. Volví a la alberca, como se retorna a los lugares abandonados tras una pérdida. Yo perdí a la persona que más he amado hasta ahora. Y aunque el hecho es definitivo, después de un tiempo se torna más liviano y me permite poco a poco volver a vivir.

Como sólo sé hacer dorso y *crawl*, elegí el primer estilo para retomar mi rutina de regreso, pues éste me exigía concentración en brazos y piernas solamente, al ir boca arriba la respiración estaba resuelta. Tampoco es que sea sencillo, de todos modos me salpica el agua en la cara y tengo que estar alerta para evitar que el líquido penetre por mis fosas nasales y termine ahogándome como ya ha pasado. Si el agua ha de entrar al cuerpo mientras nadamos siempre será mejor que lo haga por la boca, es el conducto natural por donde la bebemos para hidratarnos, las vías están adaptadas para ese estímulo, cerrando las otras que desviarían el líquido, asfixiándonos. No así la nariz, el agua no debe adentrarse a nuestro organismo por ahí. El único estado de la materia que se introduce con naturalidad a través de las narinas es el gaseoso. Ésta fue la primera revelación bastante obvia, por cierto, que tuve a mi vuelta al deportivo. Tampoco quiero alardear de mi lucidez, pero es que los veintes son algo que me caen con poca frecuencia y ese día me sucedieron de más.

Con la caldera nunca se sabe, puede calentar tanto el agua que exhala vapor a la superficie y la alberca se transforma en asfalto un día de sol, pero la mayor parte del tiempo está más bien fría. Se nada mejor a menos grados; con el agua caliente nos cansamos el doble. El aliento de todos los que estábamos ahí boqueando de manotazo en manotazo, sumado a la condición febril del agua y sus efluvios, había empañado los vidrios alrededor de la alberca. No había mucho que contemplar, a esa hora no se encontraba nadie en las sillas donde más tarde se sentaban los familiares de los niños que aprendían a nadar a esperarlos a que salieran de clase. Podían darse cuenta ahí de su avance en el desarrollo de sus habilidades.

—Vamos a hacer cuatro series de setenta y cinco sin parar. Descansamos diez segundos entre cada una y seguimos —explicó Davis con un pie sobre el bloque de salida. Lo vi por primera vez como un muchacho de su edad, ni más chico ni más grande. Mi percepción había estado algo alterada en las últimas semanas, al parecer.

Conforme pasaban los minutos, adquiría mayor claridad. No se trataba de una comprensión intelectual, sino más bien de algo relacionado con la sensación. Pude saber, por ejemplo, lo que me había molestado de Davis en días previos porque ahora eso mismo me resultaba indiferente. Lo escuché darnos las mismas instrucciones de siempre en plural, utilizando el «nosotros» como si él también fuera a seguirlas junto con todos. Comprendí por primera vez que Davis no iba a saltar inesperadamente de aquel bloque de salida donde siempre apoyaba el pie al ordenar, para humillarnos al completar antes que nosotros y con mayor soltura esas cuatro series de dorso de setenta y cinco metros cada una, que equivalían a seis vueltas con cuarenta segundos de descanso en total. Lo que siempre me pareció una burla de parte de él hacia nosotros, una forma de ejercer su poder mínimo de maestro adolescente sobre sus alumnos mayores de edad, era ahora en mi opinión una muestra de empatía. El profesor de natación empleaba la primera persona del plural para que supiéramos que estaba de nuestro lado, a nuestro favor.

Como no podía ser de otra manera, ya que las cosas se venían desarrollando en mi vida de forma atípica, me encontré en el carril a la delantera. En otro momento hubiera cedido el paso a los más rápidos, pero esa ocasión, sin pensarlo, estiré los brazos en flecha, uní las palmas y me impulsé boca arriba hacia adelante, deslizándome en el agua. Más o menos a la mitad, según indicaban los banderines que se levantaban sobre la piscina, sentí un golpe en la cabeza. Ocurrió tan rápido que apenas pensé que me ahogaría cuando tosí y me recuperé al instante. Ni siquiera tuve que dejar de nadar porque de manera inédita libré el ahogo de toda la vida. Nunca supe qué fue lo que me había golpeado.

Como si me hubiera convertido de pronto en una nadadora profesional, hice un viraje de espalda bajo el agua y retomé la trayectoria en sentido contrario para completar una vuelta, así lo hacían las competidoras olímpicas de las justas deportivas por televisión, seguramente imité algo que vi en una transmisión de ese tipo. El gresite azul rey que recubría la alberca reflejó los rayos del sol que se filtraban desde el techo del deportivo. Cuando la fuerza de gravedad me impulsó hacia la superficie miré mis pies. Seguía incrédula de estar a flote y avanzando. Entonces lo vi. Casi al mismo tiempo tuve la seguridad de haber recuperado la razón y eso que ni siquiera me había dado cuenta de que la perdí. Según la lógica estaba viendo a un fantasma, el fantasma de papá, pero yo me sentía más cuerda que nunca. Él también reparó en mí porque ondeó la mano a lo lejos en un saludo. Papá estaba ahí, de pie, en medio de un montón de sillas vacías, donde la gente solía sentarse a esperar a que sus hijos salieran de la clase de natación. Captó el instante en que volví la mirada hacia los cristales, testigos de la transformación sutil de los estados de la materia, de gaseoso a líquido, en un acto de condensación.

Coincidimos y yo también mecí la mano para saludarlo. No iba a detenerme, quería que papá viera mis avances en natación. Iba a dejarle un recuerdo distinto al que tenía de mí con los pies balanceando a la orilla de una alberca en aquel balneario de nuestro pasado. A partir de ese momento levanté los brazos en cada brazada con la elegancia de una bailarina, marcando con las manos una cuarta posición. Papá sonreía. Hacía tanto tiempo que no lo veía de ese modo. Quizá también él quería dejarme un recuerdo diferente de su persona. De espaldas hacia la otra orilla, nadé lo más rápido que pude para asegurarme de que seguía ahí. Todas las veces que estuve cerca de él, pensé en salir de la alberca y aproximarme para chocar las manos aunque fuera a través de los vidrios, pero me detuve siempre a punto de hacerlo, no quería quebrar el encantamiento. Papá había llegado hasta ahí esa mañana para asegurarse de que era autosuficiente y yo estaba dispuesta a demostrarlo, así que se me ocurrió hacer gala de mis habilidades en otros estilos. Pero recordé de inmediato que sólo sabía *crawl* y dorso, entonces nadé como nunca en ésos. En un momento me sentí con la fuerza suficiente para intentar algo más. Hice acopio de lo que asimilé en los juegos olímpicos que veía en la televisión y me salió algo parecido al estilo de mariposa, pero medio chueco. Los demás compañeros del carril me veían desde la otra orilla con extrañeza, qué mosco me había picado. Ni yo misma sabía; tal vez sólo fuera el miedo que se había disipado.

Mi temor a la vida sin papá desapareció en las profundidades. Comprendí la presencia de Damián que él había percibido en las canchas de basquetbol.

Mientras me quitaba el cloro del cuerpo en la regadera, la enana pasó de cojito, preguntando si alguien había visto su chancla rosa. El sonsonete de esa voz de pito me resultó inofensivo. Supe que sería mi última vez en el deportivo, salí de ahí para siempre y llegué a un parque. En la primera banca que apareció me senté a ver el cielo. Nadar era lo más cerca que estaría de volar, le leí alguna vez a una escritora, y en mi caso era momento de alzar el vuelo. Miré a mi lado, era un hombre con un libro, se lo pedí. Sin extrañarse, como si esperara dármelo, me lo entregó. Lo abrí en alguna página al azar: «Nada es para tanto», decía la primera línea. Me dio risa. Conque ahora es papá quien le da su voz a los libros.